地球上最后的夜晚

Q 著

Comte Barcelona
巴塞罗那伯爵出版社

LAST NIGHT ON THE EARTH

First edition

Editing by Qinfeng Zhang

First printing April 2020

Published by Comte Barcelona

ISBN: 978-84-121969-5-5 (Paperback Edition)

ISBN: 978-84-121969-6-2 (Digital Edition)

Visit https://comtebarcelona.com

书名：地球上最后的夜晚

著者：Q

版次：2020年4月第1版

编辑：张秦峰

出版发行：巴塞罗那伯爵出版社

ISBN: 978-84-121969-5-5 (平装版)

ISBN: 978-84-121969-6-2 (电子版)

详情可访问网站：https://comtebarcelona.com

目录

低俗小说

在拍完《低俗小说》之后，昆汀的状态低迷。其实在《低俗小说》的结尾，他已经显出疲态。奥斯卡电影工会评委在内部备忘录中写道：影片展示出导演的野心和演员的才华，但结构俗套并且臃肿，最无法原谅的是结尾职员表中，把助理打光师的姓氏 Stone 写成 Stune，无法原谅……

昆汀讨厌自己的鼻子，那是他身上最英俊的部位，也是乌玛唯一喜欢的部位。他没法继续和乌玛相处下去。在《低俗小说》拍摄期间，他已经绝望了。他从监视器里看乌玛的表演，看她有意无意地撅起嘴唇，看她拉下假发，交叉她的舞步并打开双臂，他使劲不让眼泪从眼睛里涌出来。他戴上墨镜和口罩。助理问他是不是感冒了，他说只是讨厌自己的鼻子。

　　这天下工，屈伏塔邀请他去喝酒。昆汀说他知道有一家猎象酒吧。

　　屈伏塔想拉乌玛一起，但是乌玛另有约会。谁知道呢，是真的另有约会，或是她的敏感。她和昆汀的认识就在猎象酒吧。当时她很疲倦，昆汀递给她一杯水。

　　他们坐在一张圆桌边，在高脚蹬上喝白兰地。昆汀一直玩弄鼻子，屈伏塔抚摸下巴。已经是第二杯白兰地。屈伏塔说如果这样下去，这部电影会是一部超级烂片。当然，他不在乎，烂片最适合人度过余生。只是，只是，他让昆汀看他的眼睛，那双褐色带有紫斑的眼睛——今年的对手都很有野心，阿甘，肖申克，还有布拉德皮特。他很奇怪为什么昆汀如此心不在焉。一直到第五杯，他们换了蚕豆酒，昆汀才说话。他并不担心作品质量，反而这种情绪会让作品更自然，更真实。屈伏塔想知道这种情绪真正的原因。作为艺术家，他能够理解昆汀的情绪。但是今晚，他说：我们放下艺术家的包袱。于是，昆汀坦白了他对乌玛的情感。

　　回到家，昆汀给乌玛打了个电话。之后，他坐在台灯前，开始写信——亲爱的芭比：你的小丁丁痛苦得要跟随宇宙一起爆炸，他已经无法忍受你的冷漠，我不知道……昆汀划掉这段

开头。过于软弱。我是艺术家，艺术家，他想。他撕掉信纸，
重新开始——

W

现在是十一点刚过五分，我给你打了电话，你的态度让我
伤心。你的模棱两可，无所谓的，现实理由无比充分的态度，
恨不得一屁股把它坐进屁眼里。结局早在几年前就能预料的，
但到来了，仍然令人伤心。是的，我承认伤心，这不是软弱，
而是开始反抗。我从来不承认这点。从拍摄开始的那天到现在，
无论我怎么假装超然，都是滑稽可笑的。我不在乎你肉体的背
叛，更令人伤心的是精神的背叛。你很快有新的精神寄托，我
们的精神在分叉、隔离。人和人之间应当存在共识，那共识在
我们之间完蛋了。不信任，不亲密，我无法假装是朋友或是导
演，透过监视器到达你，我开始厌恶，憎恨你。一个什么都不
在乎的人，没有任何情绪。我有情绪。真希望今天没有喝酒，
因为我竟然需要酒精来解放。我也庆幸喝了酒，让我做出决定，
我开始要说一些狠话，哪怕这些话在未来让我后悔，但我知道，
我不会后悔。不要以为我醉了，这电话，这封信。我要让你知道，
你伤害了你的导演，你的朋友，你的情人，你的精神伴侣。我
不会再是你的小丁丁。从今天起，我们断绝关系，连朋友也不是。

明天你的最后一组镜头，我不会在现场。从此，我们形同陌路，你走你的阳关道，我走我的独木桥。祝你好运。

　　屈伏塔回到酒店，梳洗打扮一番。他准备去参加周四午夜的扭扭舞大赛。现在他真的爱上了扭扭舞。他换了一双新袜子。出门之前，他大了个便。坐在马桶上，他从架子上抽出一本小说。看着看着，他入迷了。再次看时间，已经过了十一点。他决定晚上哪儿都不去了，把这本小说看完。

橡皮

不是今天，就是明天，我心爱的独角兽，你的墨水清洗我的额头，不是今天……卡莉迪亚端着两杯咖啡，念着诗句，来到萨特和波伏娃的桌前。

巴黎的阳光透过巴黎的玻璃，灰尘也是巴黎的，在明暗的边界蠢蠢欲动，充满爱欲地互相碰撞。波伏娃接过咖啡，谢谢您，卡莉。卡莉迪亚微笑着，把另一杯咖啡放到萨特的右手边。那样，她需要抬起一只脚，俯身，上半身几乎压在桌子上。萨特稍微往后挪了挪，甚至都没有在意那对乳房在他稿纸上投下的巨大阴影。

咖啡馆里人还很少，到了中午人会多起来。卡莉迪亚是萨特的崇拜者，也是咖啡馆的女主人。她直起身体，站在桌旁，嘴里继续默念刚刚的句子。她看着萨特，而萨特沉浸在写作中。她看着他，像是站在雪山脚下，仰望山顶谜语一样的雪雾，让人心颤的诱惑，她想陷在雾里，呼吸、大笑、呻吟。她希望萨特可以抬头，哪怕只是客套一句：谢谢您，卡莉。波伏娃啜着咖啡，丢给卡莉一个眼色：他在写作。她在警告，以魅惑眼神的警告，这只梨花狐狸。卡莉迪亚放弃了，离开时，她想到昨晚在杂志上看到的那只狐狸，同样的眼神。卡莉迪亚的小女儿坐在另一张桌子上复习功课，后天就要期末考试。她在跟她的橡皮说话，正尽量做出一副吃惊的表情。卡莉迪亚骂过去，死丫头，再考个倒数就把你头发剪掉。她回到柜台里，把酒瓶、咖啡杯、抽屉和硬币弄得叮当作响。不是今天，就是明天……昨晚她准备的这首小诗，预备献给萨特，向他请教，也顺便让他明白自己的心意。那只梨花狐狸真碍事。她端起杯子喝水，水在她喉咙里汩汩生气。死，丫，头。她的女儿背过身体，对橡皮悄悄地说：我答应你，给你买一条荷叶边的裙子。

那边，萨特还在写着，一页接着一页。额头上已经泌出汗珠，眼镜起了雾。波伏娃让他歇一会儿。海狸，哦，海狸，别急，萨特说。他继续写着，沙沙地继续。过了好久，他抬起头，咖啡已经凉了。萨特原本变形的脸今天更加变形。

海狸，你瞧。萨特说，我潜在词语的水底，水藻和青鱼围绕我，它们挽留我。

今天写什么？

日记。你瞧这些字迹，难以置信，每个字都流淌着爱情，多么鲜美，多么柔和，多么……蜂蜜一样，我听到某种呼唤。

什么呼唤？

爱情，只有一种可能，唯一的可能，爱情。

胡扯。

真的，你瞧瞧这些字迹，多美。

她是谁？

奥黛拉，萨特说，我的克里奥佩特拉。他开始描述昨晚聚会上遇到的那位女学生……她叫奥黛拉，有棕色的瞳仁，天鹅的脖颈，说起话像一只小斑鸠，她撩开眼前的头发，像拉开莎士比亚戏剧的幕布，整个晚上，她麋鹿一样的目光都在萨特身上……他们在河边散步，走在清冷的地砖上却感到灼热……奥黛拉，我的克里奥佩特拉，萨特说，会是一场山崩地裂的爱情。波伏娃冷笑着，狗屁爱情，她是胡斑鸠，无非想在你这头斜眼驴子头上拉屎。萨特哈哈大笑，你在嫉妒。他重新回到日记里，不时笑出声。胡斑鸠。

　　顾客多起来，已近中午。萨特抬起头，波伏娃感觉到他的目光，却发现萨特并不在看她。他的斜眼盯在服务员吉吉的屁股上。吉吉那张出色的大屁股啊，大提琴式的臀部，属于巴黎，属于流浪艺术家，具备神秘的共鸣感应。果然，吉吉很快走过来。

　　萨德先生，午餐照旧？

　　当然，我的圣吉吉。

　　那么夫人您呢？

　　一盘小土豆，谢谢。

　　就一盘小土豆？

　　是的，谢谢。

　　要加臭鳜鱼汁吗？

　　不要，谢谢。

　　加点辣白菜？

　　不要，谢谢。

　　如果搭配海参酱是最完美不过……

　　闭嘴，只要土豆。

　　好的，夫人。

　　请别叫我夫人。

　　好的，女士。

也请别再叫他萨德先生。

好的，女士。

萨特点着烟斗，得意洋洋。哦，爱情啊爱情。烟斗的烟眯起他的眼睛。他是个赢家。周围的常客或者仰慕他的人趁机向他打招呼，他用烟斗回礼。女主人卡莉迪亚在柜台里正使劲用一块雪白的三角巾擦拭杯子，一边把几乎是仇恨的口水吐在三角巾上，狠狠地擦出声音。对于萨特的招呼，她并不打算回应，昨晚的诗句在忙碌已经退潮。不是今天，就是明天，她模模糊糊只记得这一句的毫无意义。她现在不关心今天，也不关心明天，她只关心现在这个午餐时间。

波伏娃也笑起来。她挽起头发，整理好花瓣衣领，向后靠去。她摆出了一个萨特从没见过的，完全非波伏娃式的女性姿势。你瞧我这身衣服美不美？她问萨特。哦，海狸，我的海狸。萨特握着烟斗，你是我的太阳，光芒从你的头颅照耀，就算是嫉妒从你眉间……突然萨特意识到什么。

这是《欲望被土豆抓住》的演出服？

是的，早晨我们在排练。你知道加缪怎么评价这身衣服吗？

他一向很虚无。

他说我像一棵向日葵。

咦，倒是颇有象征意味。

他是侮辱我。

侮辱了吗？

是的，是侮辱。我已经决定了，不再出演《欲望》。

不坏。

萨特瞧不上那出剧。加缪在倒退，灵魂褪色，一塌糊涂，他赞同波伏娃的退出。波伏娃说她的退出并不是因为加缪侮辱性的评价，而是因为别的因素。某种奇妙无比的因素。当时，早晨，他们排练间歇的时候，加缪坐在舞台边沿，背对着三个演员，灯光打在他乌亮的头发上，他缩着脖子，把自己藏在外套下面。对面一片漆黑，却有什么在吸引着加缪，他发着呆一动不动。直到提醒他开始排练，几次提醒，他才转过头。接着，他站起来，像是换了一个人，他把双手揣在口袋里，像个标准无产阶级那样对波伏娃说：你穿得像一棵向日葵。起先，波伏娃很生气，从来没人敢这么评价她。而接着，她突然感到胸口的撕裂感，像是谁用锤子和闪电击打她。她决定退出演出。她感到害怕，前所未有。刚刚喝咖啡时，她从咖啡里看到的是加缪乌黑发亮的头发，她写着小说，每个字母勾勒的是加缪的身体，o 是他的眼睛，t 是他的鼻子，而 v 是他额头上沉重的皱纹。她闭上眼睛就浮现出加缪捏紧拳头，在催促她，抓住、抓住，或者是他说"向日葵"时撅起的嘴唇。是爱情让她退出演出，她明白了。

昨晚你们睡了？萨特问。

没，迟早的事，不是明天，就是后天。

你们……倒也合情合理……他年轻、英俊，充满力量，但是爱情……萨特沉思起来。

海狸，我的海狸。在思考了很久之后，萨特说，我弄错了，爱情的本质是虚无。世界上并没有爱情这种存在物，那是我们为了说服自己而设下的陷阱，一粒漂浮不定的尘土，是咖啡的温度。爱情的不存在，第一个证据是它在时间上的不存在，存在之物有生老病死，而爱情，人们用永恒以形容，其次的证据是逻辑上的不存在，如果爱情存在，那么婚姻就无法存在，就像我们一样，然而，婚姻是事实存在的，因此，爱情必然不存在。这个道理如此浅显，与其说你和加缪是爱情，不如说你和我是爱情……

闭嘴，波伏娃说，我和你不是爱情。

对，我的海狸，你说得对，你和我不是爱情。

我爱加缪。

不可能，爱情不存在。

我爱他。

哦，这不是我的海狸。

闭嘴。你在嫉妒。

我嫉妒？

吉吉端着他们的午餐过来。把浇汁青鱼递给萨特，小土豆给波伏娃。吉吉低声说，夫人，请小声一点，那边顾客有意见。请不要叫我夫人，我不是谁的夫人，第二次警告。波伏娃把小说手稿推到一边，把那盘小土豆摆在桌子中央。萨特安慰吉吉，让她先去忙别的，他会处理一切。波伏娃并不打算降低声音，甚至，更大声——

这盘土豆就是我的爱情，我需要土豆就像我需要爱情，我爱土豆，就像我热爱爱情，爱情是存在的，像土豆一样实实在在的存在。只有虚无透顶的人才会否认土豆的存在，只有虚无到虚伪的人才会否认爱情的存在。你，萨特先生，是当今最虚伪的人。是的，每个人都虚伪，加缪也虚伪，但是他热情，他也虚无，但是他是年轻的虚无，是充满力量的、三角形的、炮弹式的虚无，而你萨特先生的虚无，是苍白的、鼻涕虫式、狗尾巴的虚无……

　　斥责在继续，波伏娃翻开了陈年旧账。萨特措手不及，愣坐在对面，烟斗早给控诉熄灭了。他的眼神无处安放，向站在一旁的吉吉寻求帮助。吉吉已经站在那里有一会儿，似乎在欣赏表演，顾客们津津有味地看着这边，或者把耳朵伸向这边。这是一场颇有艺术气息的演出。吉吉耸耸肩膀，爱莫能助。该翻的旧账翻了，不该翻的也翻了。

　　终于，局面缓和一些以后，吉吉有机会插上话。

　　夫人。

　　第三次警告，别叫夫人。

　　女士，刚刚，有一位顾客拿走您的笔记本，跑了。

　　什么？那是她的新小说，萨特如释重负站起来，吉吉，快追。吉吉耸耸肩膀。站在门口的是卡莉迪亚的小女儿，她抱着一只鳄鱼，告诉大家刚刚那个小偷有一顶非常漂亮的帽子。卡莉迪亚向女儿吼着：死，丫，头。

　　不，不用追，波伏娃坐下来，用叉子叉起一颗小土豆，夹在上下门牙之间，粉粉地咬碎了，咽下去。小说不重要，她说，对我来说，土豆就够了，实实在在。

过于喧嚣的孤独

夜色为水寨抹上一层色情。水中央，那些芦苇瑟瑟的胴体，一排一排，放放荡荡，宣泄她们乳房的渴望和腋毛的寂寞。月亮星宿勃起着，喷洒他们光，以恰如其分的生理反应照映水泊梁山。然而，色情？色情之于梁山好汉，那是木鱼漂在水上，鞋子遇见瘫子。

那边，忠义堂正在摆庆功宴。替天行道的风已经醉了，瓷器碎了，膀胱里藏了许多刺猬，舌头长出麻木。武松大喝一声，呔。他出来撒尿。他站在水边。那排芦苇趁机搔首弄姿，摇曳受虐成瘾的腰杆。武松一边撒尿一边勃起，让事情进展得颇不顺利。呔，贱人。打结的骂声滑进风里。风吹得武松一个冷战。来自忠义堂的滋味：臭的是脚丫子，骚的是咯吱窝，涩的是方言土话，酸的是礼尚往来，甜的是戒刀禅杖，苦的是酒后真言，辣的是忠肝义胆……这些滋味捏成个拳头，在武松肚子上揍了一拳。他来不及提裤子就吐了出去。呕吐物在水面漂着，和月光星光一样，双重淫荡。呔，贱人。武松回到忠义堂，宋江和卢俊义站在第一把交椅的两边，一个像孔子，一个像孟子，两个人拱手谦让。宋江说，我有三样不如哥哥。一，我又黑又矮，比不得你北京人高大威猛。二，我当初只当的个芝麻大小官，比不得你出身富贵具有领袖气质。三，我手无缚鸡之力，比不得你武功盖世。所以，这第一把交椅……

不敢，不敢，卢俊义像是看见人参果，不敢，不敢。

武松叉着腰破口大骂：你这虚伪的鸟人。他骂的是宋江还是卢俊义？台上的两位谁都不敢问，红着脸从两边离开了。第一把交椅空在那儿。武松爬上去睡着了。下边呢，花和尚鲁智深搂着黑旋风李逵亲嘴，豹子头林冲在自慰，青面兽杨志给神行太保戴宗做足底马杀鸡……梁山好汉，原来各有各的癖好。这个庆功的夜晚，水泊梁山被突然喷洒的色情占领，异于平常。第二天他们会什么都不记得，还是一条条好汉。

大概是因为羞愧，宋江和卢俊义离开了忠义堂之后，不约而同转到水泊梁山的后寨。在这片荡口，水面开阔，岸边树木繁多，月光斑驳，可以遮挡表情，情绪隐隐约约。所以，当他们再次碰面，倒也没多少尴尬。互相施礼之后，他们携手在岸边散步。

看，宋江说，今晚的月亮真圆呐！

是啊，卢俊义说，像个蒜瓣。

嗯？嗯。

后寨的水面芦苇稀薄，让夜色庄重了许多。宋江和卢俊义各自捋着胡子。水中央出现一点火光，照出哨船的幽暗轮廓。火光来自哨船，似乎还有哭声。宋江朝那边打了个呼哨，哭声停了，火光灭了。通了暗语后，哨船划过来。值夜班的是病关索杨雄。他的愁容忽隐忽现。

杨兄弟，是你在哭吗？

不是我，我在唱歌。

你在哨船上生火？不合寨规。

对不起哥哥。

我瞧你眼眶浮肿，唱的什么歌？

公明哥哥好眼力，我在为亡妻唱哀歌。

唱个听听。

妹子哟你穿上花棉袄，牛头马面不敢扰，妹子哟你挽个葫芦头，阎罗王给你投个万户侯……

这是河南梆子？

不是，是家乡木偶戏小调。

亡妻？宋江问，不是淫妇吗？

啊……淫妇……

不是你亲手杀了那个淫妇吗？唱什么哀歌？

不是我杀的。

石秀说的，你一刀剖开了淫妇的肚子，分开了她的七事件，怎不是你杀的？

不是我杀的。

千万别谦虚。

真不是我杀的。杨雄摇着头，摇着拨浪鼓的头。真不是我杀的，别相信屠夫，别相信名字听起来斯斯文文的屠夫。哦，他说的是石秀，石秀是个屠户。杨雄杀了老婆，这件事情，水泊梁山一百单八将都知道，他老婆潘巧云是他亲手杀死的。石秀不打诳语。

杨兄弟，真不是你杀的？你可要想好了。

不是我杀的。

杨雄脸上永恒的愁容，绝不承认自己杀了老婆。这启发了宋江，让他为最近的大难题找到个解决方案。为梁山好汉排座次设计一项权重——梁山好汉，凡有杀老婆者，天罡地煞排座次加权。如此设计，宋江杀了阎婆惜，卢俊义杀了他家贾氏，排在前面顺理成章。如果杨雄杀了老婆，得到加权，至少能排进天罡。就算没杀自己的老婆，杀了自家兄弟的老婆，比如武松，也能得到加权，至少要比李逵啊，鲁智深啊，林冲这些好汉要排名靠前。所以，宋江奉劝杨雄，杀，还是没杀，想好了。

妙哉，妙哉，卢俊义点头称赞。宋江拜倒在地，对他拱手施礼：还请哥哥坐第一把交椅。岂敢，岂敢，卢俊义说，我杀了老婆，你也杀了老婆，权重一样。

不一样，宋江说。

还有细节选项。首先，贾氏是卢俊义明媒正娶的老婆，而阎婆惜是妾。这不是关键，更关键的，是那天在忠义堂的公开审判。在忠义堂大堂上，贾氏绑在将军柱上，卢俊义当着全体梁山好汉的面，用刀剖开了她的肚子，大肠小肠川流不息，凌迟剐肉掷地有声。他卢俊义一手拿刀，一手托着妇人的心，天神下凡一般。而反观他宋江，杀阎婆惜是在闺房，格局稍逊。他很害怕，他从没杀过人，甚至可以说是懦弱之极。那把刀不是什么像样的刀，一把压衣服的裁纸刀，毫无锋利可言。本来他甚至没打算杀人，那个妇人大概是看穿了他的懦弱，竟然撕开衣服凑上来。她说，黑三，杀人呐，来吧，朝这里。她把手指按在明晃晃的两个奶子中间，说，往这儿来。她根本不怕他，怕的是他宋江。他哆哆嗦嗦，尿泡子给撑得像个蛤蟆。妇人羞辱他，逼近他，抓住他那只拿刀的哆嗦的手。来吧，她耻笑着，几乎像是恳求了。没有选择，好像是朋友请客，恭敬不如从命。他没有用刀插进她要求的地方，而是抹在她脖子上。也许是她自己抹的。血喷出来，他感到晕。接下来，几乎是礼节性的程序，他用裁纸刀迟钝地割掉了妇人的头。嘲笑还留在她的头上，嘴巴张开着，好像在说：我让你干你就得干。之后，他像狗一样跳开了。

这怎配坐第一把交椅？宋江说。

公明哥哥，卢俊义竖起大拇指，真是替天行道式的处决。

哪里，哪里，狼狈之极。

这才叫张力，这才叫惊心动魄啊！

哪里，哪里。

尤其是这份自我批评，第一把交椅非公明哥哥莫属。

哪里，哪里……他们互相跪拜，面对面，孔子对孟子。哪里，哪里。

病关索杨雄摇着桨走了。别相信屠夫，别相信名字听起来斯斯文文的屠夫。杨雄一边摇桨，一边自言自语，哨船向水面那片开阔地划去。越远越好，越远越好。宋江和卢俊义的谦让是打了死结的圈套。越远越好。

真不是我杀的，杨雄坚持这个说法有他的道理。对于"我"的定义，他有不同的想法。当时，在翠屏山上，手里拿刀剖开妻子巧云的，确实是叫杨雄的"我"，但并不是现在划船的"我"。更准确地说，是一个被操纵的木偶戏的"我"。况且，那几天，他的屁股上生了毒疮，头晕眼花。那天在翠屏山，他按照石秀的计划，领着妻子向一棵松树走去。路上一颗颗的坟头，像是长在他屁股上，灼烧着他，他木偶式地往前走。巧云问，去哪里？去哪里？他只能抬起咯咯作响的胳膊指向前头。石秀会在一棵松树后面等着他们。现在你看吧，木偶线永远把在石秀手里。石秀说，你家潘巧云不守妇道跟和尚搞在一起。石秀说，你家潘巧云污蔑我。石秀说，应该一封休书休了她。石秀说，休了她也不解恨应该宰了她。石秀说，我们去投奔梁山。是石秀，是他杀了裴和尚和敲木鱼的胡头陀，是他把巧云吊在松树上，是他把巧云的衣服剥光，是他把尖刀塞进杨雄的手里。当时，也许杨雄的身体是在翠屏山上，他的魂魄早给烧成焦炭。什么火？毒疮的火，或者是石秀那貌似斯斯文文但其实是屠夫的火。反正，不是什么怒火。当他知道巧云跟和尚的奸情时，也不算气愤，更没想过要杀人。他的脸上永远只能显露愁容，他没想过杀人。石秀把尖刀塞进他手里，塞进那个叫杨雄的"我"的手里，说，杀了她。那个"我"，丝毫不能反抗，握着刀，一步步走向他的妻子。

真不是我杀的，杨雄摇着忧愁的桨。今晚的星空有点异象，忠义堂那边喧嚣一夜，终于安静了。哨船在空旷的水面，他终于孤独了。其实，刚刚他确实在哭，就算是哀悼他的妻子吧。今晚，他在梁山，又不在梁山。在梁山的是他，又不是他。

看不清道不明

　　说来奇怪，噗通一声，李闯王跌进一个窟窿洞里。他拍拍屁股，扶稳帽子，抹了抹气宇轩昂的眉毛。一个粉红的，黏稠的，暧昧的窟窿。看起来像是……李闯王艺高人胆大，探步往里走。越走越黑，狭窄，蠕动。他依据自己丰富的人生阅历，判断这里不是人间。天国？不对，天国总是跟光明联系在一起，不对。那么，就是地狱咯。这倒是怪事，李闯王这般人物，怎么不上天国？我操。疑惑归疑惑，而排除法逻辑让他越来越相信，这里是地狱。他穿过一道门帘，从一条逼仄的管道滑到一条河边。那是一条河，我操，不如说是一条粪沟。好吧，李闯王看到岸边站着两个人，手挽手，是陈圆圆和吴三桂。好家伙，我操，真的，是地狱哎。闯王想发一通火，可是周围好像没氧气。

这就更奇怪了。哦，他明白了，那个粉红的窟窿啊，是地狱的大嘴巴，周围那些黑草，无非是它的胡子呗。阎罗王曾经说过，火是愚蠢的。他一个喷嚏，人就进了地狱，我操。陈圆圆对闯王招手，过来。闯王哼一声想表示不屑，可脚下不停使唤啊，乖乖地过去了，站在陈圆圆的身边。就这样，陈圆圆一手一个，这边挽着李闯王，那边挽着吴三桂。你瞧这事儿弄的。

船来了，他们上了船。艄公打着哈欠，一点也不遮拦，他那张大嘴，我操。这地狱的事啊，跟人间不一样，跟天国更不一样。甭管上面是太平盛世还是乱七八糟什么鸟世，在地狱啊，就是这么一副公事公办的架势。也就是：无所谓。到了这里，好像怎么都不能有所谓起来。死猪不怕开水烫，死人更不怕鬼火烧。从嘴巴死，从屁眼生，轮回循环，地狱是史前生物的消化系统。艄公打着哈欠，礼节性地寒暄：你们去投胎啊。他的哈欠传染得三人也哈欠不断，眼睛水几乎都要冒出来。竟然困了。当然，不是真的困了，是条件反射。地狱里可没时间概念。他们下了船，走在路上，道路充满了黏液、雾霾、蕨类绒毛和褶皱，弯弯曲曲。他们想睡觉了。倒不是因为累的，同样，是因为条件反射，是惯性和欲望吧。总之，闯王已经好几次想停下来睡上一觉再上路。

好歹遇到一家宾馆，他们走进去住店。睡觉，睡觉，闯王哈哈大笑。前台接待是一个漂亮的后生，卷头毛，沙皮眼，穿小一号的西装，收腰设计，胸牌上的姓名模模糊糊。他抱着一条鬣狗。看上去，鬣狗更像个大堂经理。不知道谁是谁的宠物。

请问有预定吗？（是谁问的？这个漂亮小子还是鬣狗？）

没有。陈圆圆说。

睡觉，睡觉，闯王说。

需要几间房？

两间大床房，吴三桂说。

对，两间，闯王说，你一个人住一间。

是嘛？你这么以为？

你以为？

你以为……

两位大汉谁也不认输，你以为来，他以为去，谁住那个单间？谁都不打算自己住。陈圆圆拉开他们，好了，别吵，一间大床房我住，给你俩要个标间。我操，闯王瞪着眼睛，但是在陈圆圆的注视下，变得温柔起来。喔……那么……看来……嗯……好吧……闯王和吴三桂互相打量对方，在很多年后，如此近距离重新认识彼此。好吧，他们同意睡一间。

对不起，前台或是鬣狗打断了他们，对不起，抱歉，现在已经没有标间，只剩一间大床房。

哦，哈哈哈，闯王狂笑欢喜极了，地狱的安排，那就一间大床房，咱们仨挤挤。

不行，大床房只允许住两位客人。

加床不行吗？

不行，规定只能为儿童加床。

我干，我要睡觉。闯王想发火，以他在人间的脾气，杀人都不在话下。然而，此时，不知怎么回事，他对那个漂亮小子和鬣狗过分温柔，几乎是恳求：我要睡觉，求求你们。漂亮小子抱着鬣狗，在电脑上查询。哦，还有一间三人间。三人间……闯王看着陈圆圆，吴三桂也看着她。陈圆圆耸耸肩，无所谓啊。好，闯王大喝一声。三人间就三人间，地狱的安排，我操。

请出示身份证件。漂亮小子给他们办理入住手续。

而鬣狗呢，跳出他的胳膊，磨着牙齿，大概是去为他们准备热水去了。火是愚蠢的。这次听清了，是鬣狗在说话。

Billie Jean

释迦牟尼和上帝，谁更像个父亲？

太平洋永恒的上空，暖流经过。蓝鲸跟随另一条蓝鲸，潜下去，剩下尾鳍在海面上，像条谜语。暖流经过，蓝鲸消失了，人类不知道它们的繁殖地。当它们再次出现，小鲸鱼跟在母鲸的后边，有时候，母鲸把它托出海面。小蓝鲸不知道父亲是谁，人类也不知道啊。海面起了雾，哪里是海，哪里是上空，分不清了。海上起了雾？我躺在看守所里，有些迷糊。天花板上有些水渍，它们游来游去，交配、喷水、膨胀，一条接一条的谜语。

我是一个"栗子"。因为职业原因，恕我不便透露真名。栗子，客户总这么称呼我们。我们的工作，无非是跟踪、收集、分析、勒索、逃跑，是的，更通俗的叫法，就是私家侦探。谜语对我们总有天大的诱惑力。我蛮喜欢"栗子"这个称呼。栗，西下有木。西方极乐世界的木是菩提树，正合我意。我是佛教徒嘛，相信西方极乐，众生平等，无色无相。偶像崇拜挺没法理解的，要我说，真没法理解。释迦牟尼是老师不是偶像啊。可如今，躺在看守所里，铁床的十字栅格顶着我脊梁骨，汤姆和杰瑞在我怀里，头一次我也想找个偶像顶礼膜拜磕几个头。这个想法真是罪过，可是，不这么想更是罪过。

事情得从比利珍和她的照片说起。照片就在我怀里，现在还在呢。

照片上有两个婴儿。珍说，左边的叫汤姆，右边的是杰瑞。好家伙，他们在照片里瞪着我。珍没有带他们进城，她爱汤姆和杰瑞，这是她第一次离开他们，她妹妹在照顾汤姆和杰瑞，她妹妹叫安妮，她特别相信安妮，安妮比她小两岁，会唱许多摇篮曲：羹把冰箱门打开，奶酪正在睡觉觉，羹把枕头翻过来，那边没有小喵喵……安妮有个男朋友，他的名字叫斯丹利，他养了一只鹦鹉，名字叫威利，威利……好家伙，我打断了她，如果我不打断她，她可以一直说下去，能把家谱和基因序列都背给你听。言归正传吧，我问汤姆和杰瑞的父亲是谁。大概其，我已经知道这是件什么案子，这类抚养纠纷在我们这行算是常规业务，无非就是那些玩意儿。说吧，他们的父亲是谁？

说到这位父亲，珍凑过来，前额的头皮透着光，门齿里漏着风，脸上是圣安东尼奥马刺状的神秘，喉咙和胸腔共振，她会发射超声波。她问，你相信吗？

相信？

他们的父亲是迈克尔·杰克逊。

哪个迈克尔·杰克逊？

就是那个迈克尔·杰克逊。

那个？

真的，就是那个。

好家伙，那个会唱歌会跳舞的MJ，早在Jackson 5的时期，我就知道他了。一个不太起眼的黑小子。不需要我相信什么，我们栗子，只需要行动。锁定目标，行动。比利·珍的多愁善感里有疯狂的苗头。那个MJ啊，总有人要把他当上帝。疯了。要说他跟这位珍姑娘睡觉，生下汤姆和杰瑞……喔，我不在乎，谁在乎呢？真相也没那么重要。珍不打算要抚养费（那么我挣什么？），她只需要MJ承认：她比利珍是迈克尔杰克逊的情人，汤姆和杰瑞是他的儿子。你瞧，她指着照片，他们的眉毛和下巴跟他一模一样，他们喜欢哼哼唧唧，一模一样，他们喜欢所有带节奏的，一模一样，他们喜欢所有发光体……

好了，我再次打断她。你们怎么认识的？事情……呃……怎么发生的？

哦，就像一场梦。

然后呢？时间？地点？

一场梦。

就这样？

是啊，一场梦啊……我还是个处女……

好家伙，我收起家伙，戴上手套，撤。珍拉住我。是真的，她恳求我。她想不起具体细节，但一定是他，没有别人。这次进城，他一定会找她的，只要我能拍下他们在一起的照片，他就必须承认，当着世人的面承认。她把照片推在我面前，目光牢牢地拽住我，像条谜语。我应该拒绝的，应该拒绝，但是她控制了我啊。我把汤姆和杰瑞揣进大衣口袋，跟她告了别。

这就是一个礼拜前，比利·珍给我的业务。

我把自己藏在帽子、大衣和墨镜里，以佛教徒的冷静，走在城里错乱的街道里。跟踪，保持距离。白天，城市冷漠，夜晚空洞。别墅、俱乐部、录音棚……MJ，神圣MJ，跟踪，保持距离。那天他在教堂，他以独有的嗓音领唱，信徒们拼命鼓掌，我也鼓着掌，隐蔽在这群人中间，离开时他在我身边停下来，回头，挥着白手套。那是我们距离最近的一次，太近了，我的心噼里啪啦乱跳。

MJ 的生活是烟花和黑色大丽花。一个礼拜过去，毫无收获。

转机发生在昨晚，昨天该是礼拜二吧？不是礼拜二就是礼拜三。晚上，街灯和平常一样冰凉，城里起了紫色的雾，好像暗示这是个不同寻常的晚上。伦纳德的洋葱店已经关门，招牌忘了熄。我站在洋葱店的阴影里，就像是站在月亮的背面。MJ 从米开朗基罗俱乐部走出来，只他一个人，这倒少有。大概是刚刚演出结束，身上的鳞片发出残光，绯红的衬衣，血色领结，白皮鞋。他往这边走过来了，我紧紧躲在阴影里。他走得越近，他的鼓点：咚嗒，咚嗒，契克，契克……一团臭果冻逼近过来。那样的节奏，不会跳舞的我也要扭动起来。但我是个栗子啊，我就像一颗菩提树，在阴影里一动不动，控制住了脚底的欲望。人行道在 MJ 的脚下闪烁，成为发光体。他的行走是天然的，导电的，随着鼓点，时而落寞，时而亢奋。空洞的夜晚有了某种意义。周围开始像是海底世界，鱼和珊瑚在游动，它们的鳞片发出脉冲式的光，某种信号，某种谜语。MJ 停下来，把脚搭上垃圾桶擦鞋，我听见垃圾桶的呻吟，他靠在路灯上，灯柱发出欢呼，他丢了一枚硬币给乞丐后，拐过街角。哦，那乞丐变成富豪比尔，两位兔女孩捧住他亲嘴。我拦住他们，想看看那枚硬币。两位女孩笑得特别放肆，比尔劝告我：别想得太多。他们走了，我继续跟踪。MJ 走得不快，仍然以他的四分之三舞步向前走。发光体跟随着 MJ，在他身后熄灭。猫咪和老虎是兄弟，有时候猫咪和老鼠也是。我几乎要控制不住了，尾随在后，那些熄灭的发光体，我也想踩出个发光的步子。我不想要帽子，不想要大衣和墨镜，只想要一对脚底板，只想要在月亮上行走。

跟踪，保持距离，我可记得。MJ 走到珍的旅馆，这时我才意识到，耶，就是今晚了，就是今晚。他从消防梯爬上去，爬进一扇窗户，那是比利·珍的房间。我端好相机尾随其上。

从隔壁后窗，一个老奶奶伸头出来，问，你要去哪儿？哦，那个，我要去……措手不及，我找不到借口。她问，要不要吃宵夜？屋子里还有三位老人，他们围坐在一张桌子前，桌上有一个碟子，里面放了一根烤肠。三位老人戴着睡帽，手里各自拿着叉子。他们说要等某颗恒星的出现才吃。不了，我指指天上，我去看星星。凭这个借口，我赶快爬到珍的窗口。

MJ 站在床边，床单下躺着的自然就是珍。MJ 把手揣在口袋里，目光我是没法理解的。接着，他掀开床单，白色哗啦一声，充满整个房间。当时我产生两个念头。一个是：怎么这么白呢？我想找到一个合适的词来形容一下，雪，俗套，鸽子，不对……找不到词。而另一个念头是：完成工作。下意识地，如释重负地，我按下了快门。

接着，警察来了，老奶奶跟在他们身后，气吼吼地，哼，看星星。房间里，只有比利·珍躺在床单下，没有 MJ。当然，什么证据都没拍到。

剩下的晚上，瞧，我就在这间看守所里，困在锈气、尿臊、淫词、打鼾和水渍当中。但不知怎么地，心里还高兴得很呢。老虎像猫那么温柔，靠近我，在我裤脚边磨蹭。我掌握了另一个世界的钥匙。我现在想做的，是赶快见到珍，告诉她，我看见他了，我相信她了。

万有引力之虹

　　哈姆雷特往前跑，光速前进。它脚踝里的千军万马，没有生存或死亡。光速前进吧，哈姆雷特。跑得像是小提琴曲子嘛，真棒。哈姆雷特是一只雪橇犬，它的主人，一位爱斯基摩人，在雪橇上被它的奔跑迷住了，赞叹不已。冰原光速后退，爱斯基摩人也想哼上几句，只是，跟不上节奏。哈姆雷特啊，真是天才……接着，雪橇车翻了，爱斯基摩人不知道怎么回事。怎么就翻了呢，哈姆雷特？他趴在地上，哈姆雷特站定了在前头，舌头搭在牙齿上，冒着白气，像是在笑话它的主人。如果它会说话，大概会说——你这个笨蛋。爱斯基摩人的手腕折了，刚才落地的时候，他用手撑住地，才避免……鬼知道是怎么摔下来的。总之，手腕已经不属于他了，像一条线性花斑蛇，游丝一样，正在离开他的胳膊。从工具箱里找点什么吧，布头也好，绳子也好，铁丝也好，找来找去，他找到一根鲸须。好了，凑合绑上。地上有个大坑。谁挖的大坑？没人回答爱斯基摩人。冰原已经不是以前的冰原，不是童年的纯洁的冰原。在回家的路上，工人们正在铺路。据说计划要在街上铺一层好看的砖头，颜色丰富，有迷宫图案。工人挖开冰层，往下挖，挖得很深很深。原来这里的地下也有土。一些冬眠的虫子被锄头和钎子扰醒了，动荡不安。据说，有人打算不住伊格鲁了，打算扔掉尤米安克了，打算不让狗拉雪橇了……那么，哈姆雷特，你可就失业了。爱斯基摩人跨过围栏，套鞋的海豹皮鞋底踩在潮黑沙土上，像是某种沙漏乐器，沙沙，沙。当然，注意节奏。接着，他看到爱因斯坦低头朝这边过来。

嘿，兄弟。

嘿，爱斯基摩。

别叫我爱斯基摩，兄弟。

好吧，因纽皮特。

你在想什么，兄弟？

哈姆雷特跟爱因斯坦十分亲热，凑在他的裤裆下玩耍。它喜欢爱因斯坦拉小提琴，他教过主人拉琴，爱因斯坦的琴声能唤醒它阉割掉的性欲，可是主人的琴声立马能让它万念俱灰。

有时候爱因斯坦还教主人识谱呢，叨来咪，主人是学不会的。

爱因斯坦总在思考，走路时思考，吃饭时思考，打哈欠时思考，打招呼时也在思考，大概只有拉小提琴时不思考吧。小提琴是拒绝理性的。还能想什么？就连哈姆雷特都知道，爱因斯坦来阿拉斯加寻找他的公式，他的常量。无非是这个。他曾经向主人描述过他的公式，不止一次，通常在他的琴声过后那段休止符时刻。主人跟爱因斯坦的脑结构不同，复杂度也不同，只是……万事万物运行总有它的道理，有谁主宰？让哈姆雷特不能理解的是，爱因斯坦式的七扭八歪的词语，能让主人变成另一个主人，一个吃生肉的笨蛋变成了艺术家。哈哈，汪汪，艺术家。

请你吃晚饭吧，兄弟。爱斯基摩人邀请爱因斯坦。

好的，兄弟。

请你吃独角鲸好不好？

不吃。

那么北极熊可行？

不吃。

海象？

不吃。

那你想吃什么，兄弟？

吃面条，爱因斯坦说。前面有一家牛氏拉面馆，中国人开的。老板娘叫牛氏。她正站在路边，把围裙撑起来，挡住她的锅。她抱怨工人把沙子泼得到处都是，沙子和雪搅在一起，空气里有许多北极熊。工人们唱着：掀开你的花围裙，咱干完活要擦擦手，掀起你的大白腿，咱喝醉了要醒醒酒，掀起你的黑逼毛，咱头皮作痒要洗洗头……牛氏舀了一瓢汤，朝他们泼过去。牛氏是个寡妇。爱斯基摩人赞叹不已，真棒。汤水差点儿泼到他们，那是八年的熊肉高汤。哈姆雷特冲上台阶，它盯准了一块熊的肩胛骨。爱斯基摩人拉住爱因斯坦，避开了汤水，爱因斯坦正对空中的弧线入迷呢。汤水冒着热气，在最顶端分散成颗粒，然后以复杂但具有某种规律的轨迹落下去。真棒，爱斯基摩人说，中国人是天生的音乐家，你瞧她，随便什么时候都带着耳机。据说在很久很久以前，我们很可能是从中国来的，走了好远的路，经过许长时间，多少年呢？几千？几万？几百万？搞不好我和她还是亲戚呢，否则……牛氏呸了一声，这叫耳捂子啊孬子。她的这声呸跟刚才那瓢高汤有不同的暧昧。得下面了，她打算给爱因斯坦拉一碗含情脉脉的面条。哈姆雷特在她脚底下专心对付肩胛骨。

今天的面做得……有点……做花了。爱斯基摩人从皮囊里掏出海象肉，撕下一大条。爱因斯坦当然不吃。他摇摇头，才注意到爱斯基摩人用牙齿和左手扭着肉条，扯不断。

嘿，兄弟，你的手怎么回事？

还不是哈姆雷特，瞧瞧他，今天它疯了，跑起来像光一样。

天还亮得很呢，跑那么快干什么？快要到三月了啊……爱因斯坦又要进入他的思考了。引力场可以让光走弯路，阿拉斯加的重力加速度不同于新几内亚，难道哈姆雷特能感觉到重力加速度的不同？人们说牛顿勋爵发现他的定律是因为一个苹果，胡说八道。当时，牛顿和莱布尼兹正在为微积分干仗，莱布尼兹的积分符号更优美，凭借这个符号，莱布尼兹差点儿就赢了。但是牛顿创造了苹果的故事啊。人类对苹果，总是怀有原罪般的惴惴不安。而事实呢？在他某一封情书里，提到了他对自己梦境的陈述——他梦到自己被丢出去，丢去深渊，在空中他沿一条轨道运行，和平日里把任何东西甩出去的弧线一样，只不过在梦里，他的升起、坠落，似乎有一个常量如影随形，并且能感觉到深渊的质量。这证明了，爱因斯坦说，真实情况是牛顿在梦里发现了他的常量 G。爱因斯坦希望他也能发现这么一个常量。但是遗憾，以前，他假设光速是恒定的，是他的常量 c，是他所有理论的前提。然而，现在他发现光速在以某个加速度在变化。在一百年的观测周期，光速几乎是常量，一千年呢？也许就会增加一米，那么一万年？一亿年呢？

嘿，兄弟。爱斯基摩人用手指在桌子上打节奏，他刚刚作了一首歌子——

我有一个好哥们儿

他叫阿尔伯特·爱因斯坦

吉尔吉斯是他的漂亮媳妇儿

他们生下了一对双胞胎

一个叫巴基，一个叫巴勒

巴基和巴勒有三个舅舅

他们是吉尔吉斯的兄弟，名叫

塔吉克，哈萨克和乌兹别克

他们不喜欢爱因斯坦

因为他有一顶红色草帽子

爱因斯坦也不喜欢他们

从君士坦丁搬去了伊斯坦布尔

有一天吉尔吉斯长胖了

每天晚上爱因斯坦睡不着

他总是问自己——

我爱不爱吉尔吉斯？

我爱不爱吉尔吉斯？

我爱不爱吉尔吉斯？

就是这样，就是这样。哈姆雷特放下骨头，趴在地上，听入了神，随着爱斯基摩人的拍子，点着头。就是这样。这就是哈姆雷特喜欢的主人，一个爱斯基摩人。笨蛋变成了艺术家。

搏击俱乐部

优秀的公司应当具备有效的人才选拔机制，优秀的人才应当是……今天的药吃没吃？乔布斯忘了，吃还是没吃？

会议室里坐着新项目组成员，男的女的，白的黑的，有头发的或者秃子，都是人才。他像是要做出选择，你，是你，或是你？有效的人才选拔机制，这个过程可以说是蜜蜂选择花朵，也可以说是花朵选择蜜蜂。哦，苹果公司是一个大花圃，这些小蜜蜂啊，正在嗡嗡叫，嗡嗡叫。他们大概是为乔布斯的婚飞摩擦翅膀吧。乔布斯心目里有他的人才标准，至于这个标准是什么，他得先确认一下自己究竟有没有吃药才有把握说得清。

你们都是精英中的精英，是被选中的……乔布斯漫无目地说着开场白。你们顶住了考验，时间、辱骂、加班、孤独，你们都顶住了……呃，乔纳森，把灯光调暗一点，乔安娜，端一杯咖啡来。好的，老板。乔安娜扭着屁股去倒咖啡，再扭回到乔布斯面前。乔布斯悄悄问：我有没有吃药？乔安娜说，吃了。她继续说，您刚才的开场白已经说第三遍了。哦，第三遍了。

那么，好。乔布斯得知自己已经吃过药，信心大增。乔纳森，把灯光调暗一点。下面进行本次会议第一项议题，第一项议题是……他忘了，他记得是一个测试题，用来检验某种东西的。哦，药效还没发挥。那么，先进行第二项议题。乔布斯手里拿着一只红色水性白板笔，这个他可记得。他转身在白板上写下单词：PURPLE，然后他注意听着，谁在说红色，谁在说紫色。嘿嘿，这是他用来测试视觉中枢和语言中枢之间通道的小伎俩。当然，他说，PURPLE，就是本项目的代号。他继续说，你们都是精英中的精英，被选中加入本项目，必须遵守三条规矩：1、不准说出、写出 PURPLE 这个单词；2、不准使用任何紫色的东西；3、当遇到 PURPLE 这个单词或是紫色东西时，立即回避。

老板，乔安娜举手发问，可以抽烟吗？

可以。

现在可以吗？

可以。乔布斯说，绝对可以。抽烟是释放自我的有效手段，在本项目中，他赞成一切释放自我的手段，一切为了创造出独特产品，不禁止即允许，香烟、酒、大麻、做爱、打架，只要能让大家从自我泥潭里拔腿而出，都可以。乔安娜的问题是乔布斯授意提问的，以便引出他的观点。项目成员们听到乔布斯这番言论，放松了，抽烟、喝咖啡、吐痰，或者是说几句笑话，都不在话下了。

这让乔布斯想起他的第一个议题，或者是药效来了——当下，苹果公司欲开发一款新型手持通信设备，前所未有的，革命性的，多点触控的手持设备，请各位考虑一下，选择何种语言为之开发专用操作系统？

我们要做手机？有人问。

不，乔布斯说，准确地说，是一种手持通信设备。

可以打电话吗？

可以。

可以听音乐吗？

可以。

那不就是手机吗？

这是个定义问题。乔布斯阻止大家偏离议题，他请乔治首先发表看法。乔治是从 MacOS 部门抓过来的，将要负责新操作系统的开发，他必须回答。

当，当然是，是，C。乔治讲话就是这样，有些结巴。紧张时如此，不紧张也是如此。一年里头，他说的单词不超过100个，包括梦话。他的结巴是因为疏离感，C语言才是他的母语。乔治记得当年他的第一个 main 函数，用 printf 打印出 Hello World，那是他第一次跟他的世界打招呼。那是一个标志，从此他进入了另一个虚拟世界，他用条件语句、循环、赋值、浮点常量、函数、分号和大括号在那个世界里行走、说话、唱歌，在那里他可从来不会结巴，不光不结巴，简直就是三寸不烂之舌。从来不会出现死循环，不会出现模棱两可的语义，不会迷失在如果和那么的分叉。指针指引着他，夜空那些星星从来不会抛弃他。C语言是他真正的母语。他出生于1972年，他的妈妈叫克里斯蒂娜，曾经也是美丽的少女，拥有自大的乳房和日光浴的牙齿，一度狂热痴迷太空漫游（一种游戏）。后来她对乔治说，儿子，我得跟你坦白，我爱的人不是你爸爸，我跟你爸爸只做过两次爱，第一次有了你姐姐，第二次就是你，在你爸爸这儿，我有交代了，但我爱的不是他……克里斯蒂娜爱的是里奇，另一个太空漫游爱好者。在乔治还在她肚子里的时候，她仍然以少女的狂热整天泡在玩家俱乐部，因为里奇就在那儿。

里奇打算用一种新语言重新开发一套太空漫游。他们当时流行的是汤普森用 B 语言开发的版本，简直就是个玩笑。里奇改进设计出 C 语言。人们说 C 语言是 B 语言的字母意义上的延续。而克里斯蒂娜说，C 是 Chrisitina，这是里奇和她的秘密。乔治五岁的时候，克里斯蒂娜带着他一起，坐在里奇的身边，看他用 C 语言写出一行行指令。里奇允许乔治摸他的匈牙利式胡子，而其实，乔治正被屏幕上绿油油的分号和星号吸引。里奇教他写了第一个 main 函数，用 printf 打印出一条绿色的，闪烁不定但充满生机的 Hello World。从那以后，他就结巴了。

用 C 语言，必要时配合汇编，是开发操作系统的首选。也是平庸之选。乔布斯并不满意。乔安娜有不同意见，她认为，应该选用更高级的语言。比如？比如 java。理由？因为 java 更柔和，就像咖啡和香烟。毕竟，她说，我们这代人属于咖啡和香烟。哦，乔安娜是原型设计师，兼项目助理，兼……她有一张鲜艳的嘴巴，和她的形容词一样鲜艳，在她咖啡色的皮肤上暧昧地溢出去。乔布斯曾命令她一定要发言，但选择 java 可不是他的主意。天呐，咖啡和香烟的一代。

但，但是，乔治反对说，java，va 需要，要虚拟机。

我们可以先开发一个虚拟机杀手，直接把 java 代码编译成机器语言。

但但是 java，没有指针，指……

我们有垃圾回收，谁还需要指针！

但但但……乔治累了，他已经说了太多单词，用光了一年的配额。他退回自己的世界。如果可以用 C 语言说话就简单了。

printf("Fuck your mouth. \n");

其他人并不发言，他们的眉头要不紧锁，要不秃头上在冒汗。乔布斯望过去。还有谁？乔纳森？乔纳森摇摇头，他刚刚正在思考屏幕材质的难题，对开发语言的思考不充分，放弃回答。乔丹？乔丹摇摇头，他负责数据分析，他用过 R 语言，R 跟操作系统是白铁锅碰到柴火，不搭嘎。乔伊斯？乔本次郎？乔峰？乔正恩？他们都摇摇头。

这时候应该发点火啊。乔布斯觉得有必要发火，不过他的身体告诉他，他没有火。发火应该是颤抖的，他只是感到坠落，还没见底呢。身体向一边倾斜，倾斜。是失望，或者是药的后劲吧。这些家伙，困在他们自我的泥潭，算什么鸡巴优秀人才？他才不关心选择什么语言，选择的理由更重要，哦，不选择也是选择。这些家伙，语言就是他们的自我，他们被语言惯性牵着，舒适而懒惰，名词给他们安全感，动词给他们存在感，形

容词呢？满足了他们的虚荣。去他妈的第一议题吧，去他妈的

PURPLE，这个项目得完蛋。

我的阴茎略大于整个宇宙

你问了一个好问题，兄弟，好问题。那时候，一开始啊，麦当娜真像个处女。从头发到脚趾头，闻起来处女，吃起来也处女，她的金光闪闪的阴道啊，是社会主义水稻田里种的罂粟花。她是个黑洞，能把所有东西都吸进去，我也不能例外。你瞧，你瞧，现在说起来，我的舌头底下还在回潮，话都说不清了。我当然会离开她的，迟早的事。有一回，我记得，我们在水池里泡澡，她开始挑逗我，用脚趾头拨弄我的鸡巴，我知道，那是一种螺旋战术，先从外线拉开空间，然后切入，上篮，得分。嘿，当时我正在考虑战术的事情，当时……应该是准备打爵士。她埋怨我的兴致不高，就爬过来，完全脱掉我的裤子，改用舌头了，只不过还是螺旋进攻的老一套。她憋着嗓子说，长腿爸爸，你的鸡巴就像银河系那么浩瀚……哼哼，她以为这是恭维我？对不起，我想，你就这点想象力？银河系？对不起，我继续我的篮球思考。她更加不满意了，问，长腿爸爸你在想什么？我说我在考虑怎么干死斯托克顿那个脏逼玩意儿。又是篮球，她说。哼，又是。对，她很不满意。我猜，不是对我没接受她的挑逗不满，而是对我正在思考的篮球不满。那不是她第一次表达对篮球的蔑视，她总喜欢说，长腿爸爸你打篮球太浪费了。那次她一样说了。我提起裤子就爬出来了。要知道，当初不是我找的她，是她找的我，找的我这个篮球巨星，超级巨星。

这是个严肃的问题。情人分手，你可以说上一万个理由，任何理由都看起来是那么回事儿。我为什么要离开她？或者换一个问法吧，为什么我们必然要分开？没别的，你完全可以说，性格不合，或者说性交不合，或者是什么爱情疲倦，等等，都可以。要我说，从她说出"你打篮球太浪费了"这种话，就注定咱们要玩完了——她选择我并不是出于性、自由、孤独或者爱情，而是某种世俗的动机。我早该看出来，早该了，以我的天才。我很早就能从日常中洞察事物本质，要说这个能力，不吹牛，我是个天才，比打篮球更能算是我的天才。

知道为什么我能成为篮球巨星吗？兄弟，超级巨星？这不是秘密。人们都说我没天赋，靠的是勤奋和热情，一步一步成为超巨。嘿，这不是秘密，秘密不是这个。要说身高，我马马虎虎，体重，马马虎虎，力量，马马虎虎，都是马马虎虎。但是你们不知道，在我很年轻的时候，我已经洞察了篮球的本质——篮球是一项至刚至阳的运动，唯一的，能够和我完美匹配的运动。而且我完全可以这么宣称——我是唯一洞察这个本质的人。

　　唔，说起来，每一个篮球高手恐怕或多或少有那么一丁点儿感觉，但是他们说不上来，麻麻的，松松的，模模糊糊，恐怕只是在梦里头有一阵子哆嗦，一闪而过，像是吸了第一口大麻，眉心里头一阵颤抖，进入宇宙虚空，看到了唯一的星体是篮球，他们凭借无法言状的引力，大声喊：我要打篮球！哈哈，他们可不知道自己为什么要打篮球。记住，我是这个世界上唯一一个洞察篮球本质的人。我接触过数不清的NBA球星、教练，还有那些天赋异禀的高中生，我从没见到有谁能把那个本质说清楚，究竟是什么让他们打篮球？当我告诉他们：篮球是唯一的至刚至阳的运动，他们有的能明白，有的不能明白。要知道，兄弟，球星有不同等级，球星、全明星、超巨，能不能听明白我给他们讲的道理，是清清楚楚的一道黄金分割线。给大卫、奥拉朱旺、巴克利，我说过，他们大概能明白，给大鲨鱼和科比小子我也说过，他们似懂非懂，我跟迈克尔说，他一听就明白了，他说，醍醐灌顶啊丹尼斯。有些人，我不屑跟他们说，还有些人说了也不明白。哼哼，就让他们永远在篮球的虚空里吧。

高中毕业时，我身高5尺6吋（一米七），像土狗一样被人嫌弃。我也喜欢运动啊兄弟，那些玩球的，跑步的，举杠铃的，不喜欢叫我名字，他们喜欢叫：嗨，丑鬼，或者：嗨，矮子。于是我只能把手揣在牛仔裤的屁股兜里，忍受他们对我的称呼，或者进行我最喜欢的运动：打架。哦，打架曾经是我最喜欢的运动，是原始本能的运动，也很适合我，只不过在文明社会里人们的虚伪已经全盘否定了它。在我不打架的时候，我和妹妹们在一起，她们不叫我丑鬼或矮子，她们叫我丹。她们叫蒂娜和珍妮，长得比我高，比我漂亮（漂亮不了多少），比我讨人喜欢。她们是世界上最爱我的两个人，有时候我都分不清哪个是蒂娜，哪个是珍妮。在一个礼拜天的下午，她俩在院子里搭了一块捡来的旧门板，中间用渔网拦起来，学电视上中国人打乒乓球。她们用她们的初夜换来一副球拍，以及三个白色小球。那个下午她们真高兴啊，真单纯啊。她们穿着短裤，四条黑腿暴露在太阳色眯眯的光线底下，她们不顾下体还在疼痛，吐着白牙，把那个小白球来来回回乒乒乓乓地玩了一个下午。好像真是一件好玩的事。她们用夹子把眼角夹住，发球的时候把球往天上抛，并且在每次打中球的时候像猫那样叫一声。我看得也高兴，哈哈大笑。珍妮问：丹，我们像不像中国人？哈哈，我可没见过中国人。珍妮说：丹，你也来玩两球。好，我接过球拍，把手上湿漉漉的。哦，是她们处女的血吧。我学着蒂娜的样子，把球往天上抛，推过来挡过去，呀，哟，嘿……那个小白球常常不听我的使唤。而接着，接着，我想吐，突然的呕吐感，不光是喉咙里，而且是从两眼之间。我的眉头已经不再是一个少年人的怨恨，而是一个沧桑的老家伙了，奄奄一息地察觉到生存的耻辱和虚伪，而我很快意识到，这种感觉是那个蹦蹦跳跳的小白球给我带来的。从我的眉心之间像裂开了一道口子，是第三只眼，第一次，兄弟，我第一次形而上地看见了那个小白球，乒乓球。它在门板上蹦过来蹦过去，一会儿在我这边，一会儿在蒂娜那边，在我这边，我打过去，在蒂娜那边，她打过来。乒乓球发出貌似欢快的嘎嘎声，实质上，我听出其中小丑或者说是痴呆儿的傻笑，甚至可以说，是集人性之顶级丑恶面的得意忘形的笑声。之前在电视上看那些中国人在桌子的两头推来挡去、扣杀、砍、削，我没有意识到，当我握着珍妮的处女的球拍，站在蒂娜无知笑脸的对立面，我洞察到了——乒乓球的本质是损人不利己，拒绝和推卸是它的天性。这是一种弱智儿童游戏。对手离得远远的，拒绝身体接触，胜利者让失败者接不到球或者落空。难道不是只有弱智儿童才这么干吗？我想吐，那是我第一次打开形而上之眼的身体反应，但也是值得庆贺的一个下午，一个阳光色眯眯的星期天的下午。我的身体和精神进入新的境界，一个新世界，万事万物开始在我形而上的第三只眼里现出原形。哈，门板上的裂缝、渔网的漏洞、树皮里的蚂蚁和珍妮开阔的门牙……我把拍子还给珍妮，她傻乎乎地叫着：丹，让我打死你。我耸耸肩，手揣进屁股兜里。乒乓球不会是我的运动了，我会离它远远的，两位可爱的傻姑娘，你们玩吧，适合你们玩。我靠在李子树上，蔑视快要落下去的太阳。哈，蒂娜和珍妮还在叫着，她们会用中国话说出"好球"。我呢，我飘走了，飘上了月球，飘到了宇宙一个虚无飘渺的点，万事万物都在我的眼底，他们的轨迹，他们的形状，他们的质量、速度、傲慢、脆弱和噩梦……

那只形而上的第三只眼睛也看穿了我自己：一个至刚至阳的人。兄弟，有时候我自己看着自己那家伙都觉得惊奇，哇哦，万事万物都那么渺小了。能配得上我的，配得上我这超巨的鸡巴的，只能是至刚至阳的运动。几乎所有的球类运动都是阳性的，这从外形你就知道了，而田径、游泳那些通道式运动，大多是阴性的。注意我用了几乎、大多。比如乒乓球，我已经讲了，本质是弱智儿童游戏，是无性的，所以我说，非常适合我的蒂娜和珍妮玩。而我，自那以后，已经集中精力放在球类运动的选择上。我发现尺寸和规则的逻辑——越大越阳刚，越讲究投射的越阳刚。

网球？排球？对不起，它们跟乒乓球一个德性。按照尺寸，排球比网球阳刚，网球比乒乓球阳刚，但抵不住都是推来挡去，本质都是弱智幼稚无性的。有一年据说，乒乓球协会想增大球的直径，这个意图很容易理解了。只是他们并不知道更本质的。光增大尺寸有什么用？得修改规则。规则凌驾于尺寸之上。真正的阳性运动，应当是投的、射的、进洞的。我锁定住保龄球、斯诺克、高尔夫、橄榄球、英式足球和篮球，这些都具有投射性质，接着我用尺寸和规则隐喻去找到至刚至阳的那个。这里面笑话可就多了。说说保龄球吧。它的尺寸不小，也够份量，手指头伸进三个小洞里，拎起来往洞里扔，咕隆隆，有十个瓶子杵在那儿呢。不过可笑啊可笑，其实你只要稍微留意一下保龄球手的动作，就明白了，它只是戴了一根橡胶鸡巴。可以这么说吧，保龄球不是他，是她，是伪阳性的。要注意兄弟，她的目的是撞到门洞那边十根直挺挺的白惨惨的鸡巴，一次不行再来一次，全部撞到就发出欢呼，瞧，这是阳性？另外不要忘了，保龄球上那三个洞，无时无刻对手指发出花猫样的呻吟。斯诺克？呵呵，拉皮条的，母球不能进洞，只能拉个皮条，而且尺寸，嘿嘿，不说也罢。高尔夫是我遭遇过的最可怕最虚伪的运动。当然，当然，可以说它是阳性的。有几次，迈克尔叫我一起去打高尔夫，他要去跟老虎伍兹赌个高下。如果迈克尔知道高尔夫的本质，他就不会那么得意了。一杆进洞对他们那些人来说跟彗星撞地球一样难得，值得他们在饭桌上吹嘘一年。通常是要七八头十杆才能摸到洞的边，然后在洞口徘徊不决，想进进不去，终于进了，松一口气，噩梦结束了。高尔夫啊，是中产阶级西装革履下皮肉松垮的老阳痿，他们渴望阴道，渴望年轻的阴道，他们已经不能肉体高潮，满足视觉高潮也好，他们用钞票而不是用棒子来满足那些阴道，哦，满足，哈哈，笑话，这对他们太难了，兄弟，太难了。他们吹着口哨，等着勃起，慢慢地走向洞口，期待一次久违的进入。别说了，高尔夫太他妈可笑了。还是来说说橄榄球吧，它可惊出我一身冷汗。当年，我没有选择橄榄球是因为它卵样的外形不是我想要的。但在麦当娜之后，我终于进一步看清了橄榄球的本质。麦当娜喜欢橄榄球，她曾经当着我的面，赞美橄榄球员的肩膀和他们碰撞后身体在空中的停滞。嗵，开始我觉得她被那些护具所蒙蔽，而忽视了我们篮球运动员肉与肉的真实碰撞，肩膀和身体撞击下骨头在肌肉里销声匿迹的咔嚓声。后来我终于明白了，她并没有受到蒙蔽，而是她敏锐地接受到橄榄球传递的信息，它的本质，他们是匹配的，正正好，一个要补锅，一个锅要补，不是偶然。橄榄球的达阵，不是投射，是抵达。抵达即胜利。跟精子抵达卵子的胜利一个德性，生育的胜利。所以，兄弟，记住啊，橄榄球是生育式的，是社会性，是肩负责任的，是阴阳一体妥协的游戏。任何妥协都损坏了阳性，更不要说橄榄球可疑的外形。我跟麦当娜做爱时，她从来不许我戴套。她说，长腿爸爸，我要你的精液一滴不落地进入我的子宫。有时候，我还在几千公里外比赛，她在电话里叫春：长腿爸爸，快来，我正在排卵期……我很久以后才意识到这点，一身冷汗，有死里逃生的庆幸。真正投射性的运动，是英式足球和篮球，射门或投篮，只不过用手用脚的区别罢了（用脚是不是有些变态？）。尺寸上，两者也相差无几，哦，足球稍稍逊个几厘米。踢足球的喜欢跟打篮球的吵架、对比、攻击对方，这是他们对这两项运动集体无意识的条件反射，体现出好斗特性。这边说我们场地大，那边说我们身材好，这边说我们发型酷，那边说我们光头清爽……撇开这些无意识争论，要比较哪个更加阳刚，要回归规则。说起来，足球球门的方形形状，真是一个大遗憾，大大降低了足球的阳性气质。篮球篮筐直径比篮球不大不小，充足体现出阴阳隐喻。再说投射次数。从有真实数据统计以来，足球的场均射门次数 12.3 次，篮球场均投篮次数 126.4 次，折算成小时，足球 6.2 次 / 小时，篮球 159 次 / 小时，差别显著。你会质疑，难道投射次数越多越好？难道不是应该有足够的前戏铺垫？难道不该渲染气氛让距离拉开美让稀有的投射更加惊心动魄？不错，这类说法是有道理的，不过这是从快感延迟的角度。但是，最纯粹的阴阳交合是原始的，不要妥协，不要取悦，不压抑，随性而来，随性而去，快进快出，24 秒之内就出手，不要想着去延迟高潮，不要想着压抑自我得到更大满足。因为我们可以来了一次再一次，一次再一次。兄弟，你明白吗？这才是至刚至阳。这就是篮球，唯一的至刚至阳的运动。

你说奇怪吧，我 19 岁明白了这个道理，接着，本来停止生长的身体继续生长，长啊长，竟然给我长到两米多。篮球啊，注定是我的运动。麦当娜说：长腿爸爸，你打篮球真是浪费了。

她懂个屁。她适合找个玩橄榄球的。

落日像烂掉的橙子，从树枝上掉落，掉落。后来，麦当娜坐在屋檐下，把身体交给一张日式躺椅，一只腿放在地上，赤的脚。另一只脚搭在躺椅扶手上。她的阴道尽情向落日敞开。她的手里握着一把劳斯莱斯牌剃刀，以迪斯科的节奏对付她刚刚长出茬的阴毛。兹拉兹拉，她那金黄的稻田里流淌她的歌词：像个处女，渴望你的精子，像个处女，这是我的第一次。噢，宝贝儿，当你抱着我，你的心在跳，你抱着我，从内到外，感觉真好……卵子在她卵巢里排队待命，她把太阳送下山。而那时我已经隐隐知道，离开她是迟早的事。

——摘自未发表的丹尼斯·罗德曼访谈

齐夫人传

　　齐宣王和夫人相协议：宣王将功力传给夫人，还宣王自由身。协议达成。

　　传功结束，夫人趴在床沿，舒展两扇白净宽臀。宣王情不自禁，和夫人走了一次后庭。他忘了，这是传功后大忌。宣王脱精而亡。他有一封密函，如果宣王暴卒，护卫会从边境回来，把密函交给老父齐威王。

　　密函送来的时候，夫人在灵堂，正陪威王和另两个媳妇打麻将。威王看完密函，命令士兵绑住夫人。夫人掏出荆棒反抗。失败，双手反绑于荆棒。父王宣判，四媳妇和邻国某某通奸害死老四，命令处死夫人。夫人运功，催动荆棒里的小飞虫。飞虫大小如蜜蜂，先飞到大媳妇的嘴角，化成一滴蜂蜜，渗进嘴里。大媳妇亡。三媳妇让大家小心，已经来不及。许多飞虫从荆棒飞出，士兵尽亡。一只飞虫落在三媳妇的眉毛上，威王命令她拍死虫子，三媳妇不敢拍。虫子先爬到她太阳穴一颗痣上，又爬进眼角。三媳妇亡。一只飞虫落在威王鼻子上，他也不敢打，很踌躇。知道自己将死，威王掏出一粒药丸，掰开有香气。夫人问那是什么药怎么那么香。威王说此乃♀香，♀香♂草相生相克。他早知道夫人和老四好房事，喜采药补阴，特令太医替换日常补药，羊茎草换为♂草。威王亡。夫人先是小腹绞痛，后下体流血，不止，同归于尽。卒年二十三。

国王的人马

2016 年 NBA 西部决赛，勇士连扳三场赢了雷霆，进入总决赛。库里接受赛后采访，问接下来对阵骑士是否对詹姆斯有所畏惧。库里说他不怕詹姆斯，一个孤独的人是不可怕的，无论詹姆斯多么强壮，多么有总决赛经验，他都不怕。在他身后，汤普森无意抬起头，朝向镜头之外。他有佛祖的慈眉善目，当然，球迷们都知道，他也有佛祖的心狠手辣。伊戈达拉正在给脚趾甲涂颜色。涂成黄色，好看极了。他把脚伸得远远的，并且尽量把脚趾分开，很可惜的是，小脚趾好像不是他能指挥得动的。小脚趾跟第四根脚趾挨着，以至于损坏了电视屏幕上的结构美感。伊戈达拉大声朝镜头外问：谁知道小脚趾旁边的那根叫什么脚趾？库里的声音回答：无名趾，汤普森说是忧郁趾。库里的答案似乎更通俗易懂。但是，汤，伊戈达拉问，为什么叫忧郁趾？

汤普森在人群里练习投篮，并没有回答。库里走近，看着那些黄色的脚趾甲哈哈大笑，或者说是取笑。伊戈达拉把球鞋放在脚旁，说，难道不搭吗？同样的黄色。库里让汤普森过来：快来看看伊戈的黄色忧郁脚趾。

库里第二次进入总决赛，詹姆斯连续六年进入总决赛。

此时，詹姆斯已经早早赢得东部决赛，在他的豪宅等待决战，正看着电视上这一幕。他关了电视。他穿着居家服，衣服领口和拖鞋上绣了他的个人标志。妻子提着菜篮经过时，詹姆斯正在照镜子。他嘱咐妻子，要买小牛的第四五根肋骨肋间肉。妻子没有回答，甚至没有看他，推门出去了。詹姆斯站在空旷的客厅，想生一些气，但是客厅太大了。他去逗了一会儿乌龟，乌龟缩回头。他唱了半曲卡拉 OK。他拿起电话，想打给欧文，想了想又放下。他又打开了电视，想看看体育频道里自己的扣篮集锦。电视上库里还在讲话，于是关了电视。他打电话给 Love，Love 在洗澡，他们聊了一会儿战术。他们停留在底线跑位、掩护、冲击篮下或是三分的选择，只能如此，无法进入更深层次的交流。就像很多球迷说的，Love 有些让人厌倦。

挂上电话，他跪在乌龟面前祈祷，后来哭了一阵。乌龟没有把

头伸出来，他的妻子买菜还没回来。

俄狄浦斯王

午夜斯芬克斯小酒馆，蜡烛的火苗摇摇欲坠，煤油灯催出母乳香的摇篮曲，白炽灯最亮最严厉，也最冷漠。这些光亮以人不能察觉的阴暗面——等着打烊。

老板斯芬克斯是一位"热爱光明"的老板（他自称如此）。这晚，和往常一样，他早早上阁楼了，和他的小猫咪钻进被窝里去了，店里剩下的事情都交给了俄狄浦斯。哦，对了，那只花斑小猫咪名叫伊俄卡斯忒。这些怪名字都是老板斯芬克斯给起的，俄狄浦斯不是俄狄浦斯，他是个中国人呐。当初他离开家乡，去过很多地方，那些地方跟家乡不一样，没有庭院，没有父母和李子树，没有山东话的叽叽喳喳。这里，斯芬克斯小酒馆也是如此没什么两样，在这里，打烊就是他的日常情人，他得经常等她。他来面试的时候，斯芬克斯问他叫什么。

姓王名羲字右军……

你会什么？

会书法和喝酒。

我们要的人必须会拖地擦杯子，开锁扛酒桶，并且还有最重要的一样，要保证这些灯和蜡烛长亮。

可以，我可以会。

另外，你必须叫俄狄浦斯。

可以，我就是俄狄浦斯。

就这样，王羲之成了俄狄浦斯，成了斯芬克斯小酒馆的跑堂伙计。他在外漂泊多年，早习惯了各式各样的环境，好的坏的，酸的辣的，圆的方的。新名字很快也就适应了。每晚打烊后，他睡在地窖兼酒窖里，在茴香和淫羊藿钩织的梦网里打呼，顶上遥远的是伊俄卡斯忒漫游式的叫春，在梦境里转换成庐山瀑布。一切安然自得。除了板缝里投下的永不熄灭的光亮。斯芬克斯说，那是母系之光啊。哦，俄狄浦斯理解了。开始那些日子，那些光会把他从梦里拉出来，浑身湿淋淋的，像是刚刚从水井里被捞上来。过了好些日子，他才适应。毕竟，他想，这些母系的光只是象征意味而已。

　　这天晚上，他已经洒过水拖过地把椅子都架到桌子上透明的杯子已经擦完第二遍换好蜡烛和灯芯了，和往常一样，等着结束这一天，和往常一样，等着下到地窖，钻进铺盖里，阅读古希腊人的悲剧入睡。但这晚他得等着，酒馆里还有最后两位顾客，他们从晚上八点就坐在中间那张桌子上，点了一瓶苦艾酒喝到现在还没喝完。他们在喝吗？哦。俄狄浦斯把胳膊支在吧台上，脑袋搁在写意山水的中国肩膀上，用手指蘸着水写字。他没有注意到自己写了"买单"两个字，等他注意到，他明白了，这两位恐怕谁也不会叫买单的。这俩家伙，一个叫兰波，一个叫兰博。漂漂亮亮斯斯文文的右手边这个小伙子叫兰波，对面也算漂亮不过体型壮硕许多的小伙子叫兰博。他们聊得多，酒下得少。在最近一个小时里，他们的话题从苦艾酒，到非洲，到他们的童年，他们的兄弟姐妹，到家乡的土特产，然后是他们的妈妈（没有谈爸爸）……兰波说他的妈妈是诗歌。他自称词语炼金术士，随身带着诗人的餐巾纸，可以随手写诗，也可以擤鼻涕。兰博说他的妈妈是战争。他从越南回来后，就像第一次离开妈妈，对城市害怕极了，他想回到战争的怀抱，在山洞里在雨林里过一辈子。接着，他们又开始谈爱情。兰波跟兰博说他的魏尔伦：有一天他梦到魏尔伦老了，脸上很多皱纹，头上没了头发，像是吐瓜子壳一样把牙齿都吐出来。他在盗汗和恐惧里惊醒了，像是某种预兆——不久前，魏尔伦用一把手枪对着他，大声喊：爱我，爱我。然后开枪了，打碎了兰波的胳膊，也打碎了他们的爱情。兰博说起他的上校，他们在猫耳洞里依偎在一起的时光，头顶上是敌人的炮弹和越南的泥土，而鼻子里，尽是他们互相交织的汗味和喘息。可是当兰博回到城市以后，他在上校面前哭了，回忆着以前战场上的天空、树叶和泥土，而上校的淡然令他失望，上校已经不是以前的上校，他适应了新的城市生活，适应了鸡尾酒和席梦思……就这样，兰波和兰博谈论着各自的往事，连绵不断，蜡烛的火苗在他们的词语和叹息之间，也被感染得……有那么点微小的忧愁。

俄狄浦斯的脑子里形成了一个硕大的可能——这俩家伙谁也不会买单，他们没钱，死锁状态。他听明白了，这俩家伙有恋母情结。恋母情结的人总有买单焦虑，他们不带钱，因为他们的妈妈会为他们付。

嗨，两位老爷。俄狄浦斯朝他们说。

干什么？兰波说，我们酒还没喝完呐。来，我们喝一口。兰博说好，一口。

我说……你们可知道你们的痛苦之源？

什么？痛苦，兰波说，屁话。兰博说，屁话。

你们要摆脱你们的妈妈，是她们让你们痛苦。

兰博说，我妈早死了。兰波说，我妈在老家做衣裳，我早就不跟妈过了。

不是那个妈，是你们刚才说的……诗和打仗。

诗和打仗……兰波和兰博望着俄狄浦斯，或许并不是望着他，是在望着某个影子，被那些蜡烛、煤油灯和白炽灯的光晕压迫着的多重影子。

后来兰博说，他说的有道理嗳。兰波问，怎么摆脱？俄狄浦斯从吧台的母系之光里走出来，他发现自己的建议有了作用。简单，他说，万事开头难，先迈出第一步——扔掉你们身上所有跟她们有关的东西……我可以帮你们处理掉。

呃……兰博有些不好意思……那我们的酒钱？……

算我的，为了你们的自由。

是个好办法，兰波和兰博点点头行动起来。好办法。他们从包里、怀里掏出他们想摆脱的，一一排在桌子上。他们干了最后的苦艾，跟俄狄浦斯道了谢，道了别，离开了斯芬克斯小酒馆。

俄狄浦斯在账簿上登记物件。兰波的：

诗集两本（《地狱一季》和《烧酒与爱情》）；

手抄诗稿一份（纸边起卷了，作者兰波）；

金笔一只（上有魏尔伦的刻字签名，这个值钱）；

圆规一只（？？？）；

兰博丢下了他的万能腰带，所有东西都挂在腰带上：

军牌一串（兰博的出生证明）；

左轮手枪一支（含一粒子弹）；

匕首一把（长 25 厘米，特别锋利）；

飞镖三支（头部发绿，可能有毒）；

指南针一个（好像不灵）；

红丝带一条（有破损）；

诺阿，诺阿

　　失业了，太好了，丑媳妇吓死公婆了，地球飞开太阳系了，太他妈老好了，呱呱。失业，人家是这么说的。福尔摩斯心里想，No，不是他失业，是业失了他。自由了，无聊了，悠闲得裤裆也空荡荡的了。这是失业的好处，不过……坏处嘛，就是他妈的太冷了。真的，唯一该后悔的就是这个，不该在过年前失业，不该在这兔子冻死狐狸的冬天里面失业。

　　福尔摩斯缩在被窝里，算起来已经是第三天了吧。屁股睡得疼，骨头抖得疼，腿不是自己的，下巴找不到了，得蜷成婴儿那样，一团，冷啊。他终于体会到布衾多年冷似铁的杜甫式寒冷。天花板在头顶上冻，床板在底下结冰，噼里啪啦，倒也热闹，幸灾乐祸吗？杀人的风从窗户棂子的漏洞里钻进来，不过它不知道这里面比外面还冷呢，一进来，傻眼了，噼啪，它就冻住了，掉在地上摔成冰渣子，哈哈，啊啾，你妈妈的……算了。一个喷嚏，福尔摩斯的鼻子堵上了，他本来想笑一笑来取个暖，谁知道鼻涕让笑也笑不成。嘎嘣，噼啪，铮铮，呲呲，房间里到处都在上冻。时间停了，窗玻璃成了多棱镜，地板在发抖，回忆刚才的梦，不行，那个梦也冻成一团玛瑙蛋子了。这个冬天呐，二愣子的冬天，硬生生把福尔摩斯困住，困在清鼻涕和铁被窝里。这是第三天，是第三天，他能记得第一天的冷，区别于第二天的，更区别于现在，那么，这就是第三天。不行了，他的胸门口在弹土琵琶，两只脚在敲锣，肚脐眼在打鼓：哎哟受不了了，受不了了哎哟，我没有工作，工作没有我，冬天冻死我，我冻死冬天……他吸着鼻涕，从枕头下掏出手机。受不了了，打电话给华生：华，嗞嗞，快，给我找一份工作。

你不是不……

什么都别说了，我需要工作。

什么要求？

要有空调，最好暖气。

一个小时后，华生回了电话。有三个工作机会。A：数据侦探；B：A片男演员；C：球馆清洁工。哪个工作最暖和？A，华生说。C 的工作空间太大，空调力量不足；B 大部分很暖和但偶尔有户外作业；A 有暖气再加上机器散热，是最暖和的。好，福尔摩斯努力吸着鼻涕，就 A。

好极了，再捱这一天的冻。以前他有工作的时候，没觉得这么冷过。这倒奇怪了，是不是老天爷看他不工作了，嫉妒他？就故意冻他？以前，他也觉得冷，不过他觉得挺好的，白天在办公室暖气里呆长了，家里的冷更像是回到大自然，清新可爱。看来，真实的大自然是残忍的。

华生又来了电话。敲定了，某某公司让福尔摩斯次日早晨九点半报道，在某某大厦某某层找某某经理。华生还叮嘱他，要记得穿庄重点的衣服，记得带上礼帽，这是一份中产阶级风味的工作机会。哦，好吧。福尔摩斯把鼻涕吮进喉咙里，答应了这个要求。现在，他什么要求都能答应。有时候，大自然太残忍，让人失去自我，让人觉得自己比寄生虫还渺小。不过大自然也是仁慈的，因为他至少还刺激你的自由意志，让你活下去，你的身体在悲怆鸣奏曲里屈服。现在，福尔摩斯从铁被窝里钻出来，嘎吱嘎吱，冰冻的声音鬼鬼祟祟。他打开衣橱，奶奶的，要找一件庄重点的衣服还真是……光头上找白头发。在他决定失业时，他就扔掉那些中产阶级符号。扔掉，扔掉，过河拆桥，釜底抽薪，王麻子晒芝麻，当时他可是比腌菜石还坚决。现在，衣橱里剩下的衣服都比较调皮，或者换个说法，还蛮明媚的。当然，离庄重稍微远点，太远了点。Oh, shit！他很快进入新工作的角色，颇有数据侦探的口吻。那儿有一件滑雪衫，款式还算正统，只是颜色有些……太那个什么了。嘿，还有一条围巾，因为是饱和度比较低的花色，因此，搭配那件滑雪衫，倒也能压住它过于铺张的鲜橙色。没有礼帽，连一顶帽子的线头都没有，也没有手套，嗯，竟然有一条牛仔裤，这算是中产阶级的吗？也许吧。好了，就这样。福尔摩斯钻回被窝，继续发着抖，捱吧，一个冻死人的白天会过去，然后是能把死人冻活的晚上。好在明天就有工作了，大自然啊，先跟你说一声再见。

第二天一早，福尔摩斯准时到达某某大厦。他在玻璃面前打量自己，老实说，离中产阶级差十几个无产阶级。他像个橙子，头顶上有一撮头发站着，死皮赖脸捺不下去。他从前台的眼色里已经猜出她在想什么，她一定在想：这究竟是个什么货色。这真让人生气，所有的孔都该生气。不过，无所谓了，当他走进大厦，就被迎面扑来的暖气感动了，恩赐啊，老天爷啊，华生啊，写字楼啊，公司啊……他发自内心地陶醉其中，卑微，虔诚。前台姑娘的冷漠，一点儿也不能降低这里的温度。她引他在一间小会议室里等某某经理，并给他端来滚烫的茶水。他吹着茶叶，好得很，顶呱呱，重新回到太阳系，在这么暖和的写字楼里，让他干什么都行。

某某经理是一位穿着十分考究的人，也就是说，跟这里其他任何人没什么两样。一个男人。欢迎，他说。显然，他被福尔摩斯的艳丽震惊了几口大大的喘气。不过以他的资历，见多识广，很快就冷静下来，做了简单的面试。他将是福尔摩斯的直接领导，接着就给他安排工作。下午三点，这位经理要跟公司领导层汇报一项计划，其中需要若干数据分析，用来判定员工上班进入大厦的关键路径。福尔摩斯的任务是完成这次数据分析，并制作PPT。福尔摩斯被带到电脑前，工作开始了。他脱掉滑雪衫和围巾，一点不冷嗨，太暖和了，甚至，热得人很激动。那是一台喘着热风的电脑，可爱之极。数据库管理员过来交待了账户和密码，福尔摩斯登录进入数据库，那些数据，结构化的、半结构化的、非结构化的，他很乐意用一些时间来清洗。数据在磁盘里摩擦，那声音真好听，滋滋，沙沙，制造出明媚的零和一的阳光。简直就像是躺在太平洋荒岛上，比如说，塔希提岛吧，最接近天堂的地方。太阳毫不吝啬，用高更的土黄和黝黑笼罩你的思想，照射你，温暖你，无所事事你。哦，悠然见塔希提，不过正经事儿不能忘，既然坐在这里。他从温暖的数据中提取了员工移动轨迹，从模型库中选用路径分析模型，提取关键路径，并绘制出网络图谱，用红色（当然，代表热情、感恩和生机）标记出那几条路径，做出三张PPT。下午三点不到，任务完成，交付给经理。经理很满意，给予很高评价：第一天上班就如此效率，可以提前下班。哦，别，别，这把福尔摩斯吓坏了，千万别，他说，他很乐意在公司熟悉熟悉环境，跟同事亲热亲热。也好，经理说。其实呢，什么熟悉环境，什么同事亲热，他没兴趣。他想整晚都呆在写字楼里，呆在电脑旁。可惜，妄想，公司要求下班后员工必须离开。因此，即便恋恋不舍，到了下班点，福尔摩斯上了班车，灰溜溜地在他的街区路口下车。他给踢回到冰冷的大自然里。他现在竟然有点怕它，哦，以前他多么热爱大自然啊。

这一晚上的冷，一如既往，铁被窝也一如既往，他蜷在里面，发抖也是一如既往。不过，他做的梦却很暖和，那是一个充满公式、算法和路径的梦，从中摩擦了不少热量，至少让他觉得比前三天舒服很多，他对大自然的信心好歹回头了那么几毫米。嗯，内心充满希望了呢。

新的早晨，新的希望。福尔摩斯睁开眼睛。笃笃笃，那是什么声音，是梦的声音？是冰冻的声音？哦，是有人敲门。谁？谁这么早？几点？时间仍然是停止的。是华生？是那个前台姑娘？谁？

敲门的是个警察。他把证件在福尔摩斯朦胧的眼前晃了晃，同时，过道里的风贼得很，趁机往屋子里挤。福尔摩斯把警察拉进屋，关上门，那些风，哈哈，拒绝你。他裹着被子，对当下的现实感到模棱两可。警察让他穿好衣服，要问话。他这才发现，这是一个女警察。她解下围巾和手套，有一张四四方方的正义之脸。福尔摩斯去卧室穿好他的鲜橙滑雪衫，围巾拿在手上。方便去上班嘛。女警察说，某某死了。

某某？福尔摩斯想不起来某某是谁。某某公司的经理。哦，他想起来了，是他，他的顶头上司。死了？难道是我杀了他？女警察不理睬福尔摩斯的诙谐，义正言辞地陈述——某某，死于昨晚大约七时，死亡地点，某某大厦某某公司会议室，死亡现场，全身赤裸无明显外伤无打斗痕迹无射精……

冻死的吧？福尔摩斯猜测。

不是。

自杀？

不是。

开会累死的？

……

跟我有哈喇子关系？

你有最大嫌疑。

我早走了，下班六点我就走了，一堆人可以作证。

哼，女警察站起来，在客厅里走来走去，大概在酝酿什么惊天动地的证词。她把笔夹进本子里，把本子夹在腋窝底下，不行了，她说，她要上厕所。卫生间在那儿，但是等一下。福尔摩斯去卫生间用马桶刷子把马桶清洁干净，给马桶垫子套上绒套子，拿出一卷新手纸，喷了点花露水。请进。他很绅士地带上门。女警察撒尿的声音很粗犷，轰隆轰隆。黄河之水天上来，天气寒冷尿水多。福尔摩斯打起冷战，不由要夹紧双腿。冲水声终于响起，女警察从卫生间出来还提着裤了。

我说你家怎么这么冷？你正常吗？

是啊，好冷。

屁股都冻掉好几个。

我经常冻掉。

怎么不开空调？

我家没空调，对不起，不好意思，我也要嘘嘘。福尔摩斯冲进卫生间。

等他出来，女警察已经恢复了原先的姿态，严肃，四方，坚定，睿智……我们怀疑你蓄意谋杀某某，即，你的上司，有多名证人证明，你有强烈的动机，你有权保持沉默，你所说的……这个，福尔摩斯不想沉默，他问：什么证人？

公司前台某某，班车司机某某，保安某某，数据库管理员某某，秘书某某……女警察照着本子宣读——秘书某某证词：她和经理某某一同参加会议，会议结束于下午六点一刻，散会后，与会者俱离开，经理某某没有离开，他神情沮丧，绝望，甚至对着电脑哭泣，情绪极其不稳定，她试图安慰某某，被拒绝，于是她于六点半离开。保安某某证词：晚九时，例行巡夜，发现经理某某赤身裸体俯身于电脑面前，已经死亡。勘察员某某证词：经现场勘察，排除自杀可能，杀人凶器是当时电脑上的图形，经鉴定，那是一幅 igraph 网络图，由节点和有向边构成，其中若干有向边被标记成红色。数据库管理员某某证词：该红色有向边构成了致幻效果的死锁路径，其制作者是新员工福尔摩斯，其利用数据库中的垃圾数据制作了虚假路径，并且在多条关键路径中设计互斥陷阱，能够引起人大脑的神经死锁，造成体温过高，脑细胞焚烧致死。也就是说，经理某某是被烧死的。

前台某某证词：新员工福尔摩斯，衣着过分，举止高傲并且阴郁，在和经理某某交谈时，流露出强烈鄙视情绪，并且下班后迟迟不肯离开，在经理办公室附近徘徊，他想取代经理某某。

不，我只是……福尔摩斯想解释一下。你有权保持沉默，女警察掏出手铐。福尔摩斯躲开了。他们在房间里追逐了一会儿，冰冷的空气活泼起来。最后福尔摩斯停下来问，你们那儿有暖气吗？有。足吗？很足。

那就好，来吧。福尔摩斯伸出手。手铐染上了女警察的体温。

荒野侦探

当马醉木开花了，小心它的露水，它的清明，它的夺魄勾魂，该戴上斗笠，或者撑开纸伞，聊避风寒。当大雁病了，就离开雁群，去独自品尝孤独。

旅に病んで　梦は枯野を　かけ廻る

这是俳圣松尾芭蕉最后的俳，大意是：旅途中病了，梦到在荒野中行走。这句俳夹在俳圣的遗物中，由一位制伞匠托付人转交给俳圣的徒弟。

松尾芭蕉一生行走，在他快到那须原野时，先是喉咙，那里有什么在挑逗，然后是手脚，像是枯萎了不属于他，后颈上的汗毛刺挠着，让他不住回头看，像是有人在喊他的名字。但是，哪里有人呢？天黑之前，他借宿在一家制伞人家。吃过晚饭，他写下旅行日记，抄录几句诗文。主人灭了灯，他们都睡下。这时，半明半暗中，喉咙里真正开始蠢蠢欲动，那里有什么在议论，喧哗，听起来是要把某人送到某地，他觉得阴森，又觉得灼烧，觉得冷，更觉得热。他开始高烧起来，口鼻里喷出滚烫的气体，温度在升高，他觉得更冷。而他的意识格外清醒，比平时更加敏锐：主人一家睡在另一边靠墙的地方，他们的翻身、梦语和磨牙；虫子悄悄从泥土里探头探脑；树叶飘落在其他树叶上；原野上胡乱的风；还有黑夜空中那些伺机而动的感冒病毒，冷笑凄凄。哦，是感冒病毒，他噔地明白了，是流行性的、传染性的感冒病毒，他中招了。他回想病毒的源头，他想起来，第一次察觉喉咙里的痒，是在马醉木下，他欣赏着马醉木新开的花……不过要算上潜伏期呀。这一天他一直独自行走。他曾从栗树上打下一颗栗子，吃到一条正在里面做贼的虫。出山坳的时候，一只猴子抢走他的蓑衣，在他手背上挠了一道口子……一定是病毒，感冒病毒，在掠夺他的身体，他的免疫系统在抵抗，他冷静，清醒地关注着这场战事。出于俳谐师的思维惯性，这场战事演变成俳谐之战，成为音节、片假名、季语的纷争，如此，他越来越陷入虚无的非理性，陷入堕落的潜意识深渊，陷入隐隐迢迢的荒野……不行。他陡地惊醒，他想起来，要出汗，一定要出汗，一背的汗。背上出了汗，病就好了半。小时候妈妈就是这么告诉他的。在出汗的欲望中，他的身体浑浊起来，粒粒毛孔嘶哑呻吟。趁着光亮，他爬起来，收拾行囊，他准备继续赶路，多走走总会出汗的。行李很重很重，像是黑熊用手掌搭住他的肩膀，脚上拴住了要命索，腰上抵住了断魂钩，脑袋呢，套住了个紧箍咒。但是，要出汗，要上路，要行走。他一生行走、制俳，他走过那么多地方，走过那么多季节变化，走过那么多的樱花和蝴蝶，只有行走可以清明魂灵，只有旅途是治病良药。是这个道理，他相信。

主人也被搅醒了，问：师父，你要去哪儿？松尾芭蕉捂着口鼻，回答说要赶路。但是那须原野上没有路啊，更何况是大半夜。松尾芭蕉回答他已经习惯了没有路的路。好吧，主人拗不过他，把家里的马牵出来，让这匹马领着他走过荒野。主人的小女儿也醒了，起来找爸爸，她揉着瞌睡的眼睛，也问他要去哪儿，去那里干什么，为什么不睡觉⋯⋯松尾芭蕉回答着，要去原野上找东西，他生病了⋯⋯但是小姑娘已经默不作声，靠在爸爸的腰上重新睡着了。

阿重，主人叫他的女儿，阿重。

她叫阿重啊，真是个好名字，芭蕉说。阿重，再见，阿重。

阿重睡得真香。主人抱着她，叮嘱松尾芭蕉，过去原野以后，给马的屁股上来一巴掌，马就会自己回家的。松尾芭蕉点点头，马也点点头。

芭蕉提着缰绳，和马一起，走进那须原野的黑夜。但是这是夜晚吗？确定？太亮了一点，明明是大白天嘛，或者说，像是黄昏。乌鸦停在树枝高头，大概是在等他；蟋蟀在树洞里窃窃私语，大概是议论原野上这位唯一的行人；树木正在开着无名的花，散发出无常的香气，大概是要勾人魂魄；四周，从暧昧不清的方位，有猿猴的叫嚣和婴儿的啼哭，大概是在比谁更凄惨……他想说点什么，但是，如同古人说的：此中有真意，欲辨已忘言。他行走在身体的战场上，免疫细胞正在那里跟感冒病毒殊死搏斗，尸横遍野。他开始咳嗽，喉咙在燃烧，皮肤突突地跳跃，几乎要脱离他的躯体，独自皮囊。他戴上斗笠穿上纸衣以抵御寒冷，但是这是夜晚吗？确定？如此明亮。但是没有月亮，没有星星，当然，也没有太阳，也没有其他行人。通常，芭蕉是这些道路上唯一的行人，有时候，他希望能跟随日月星辰行走，但在那须原野上什么都没有。此时，只有他体内的金戈铁马声、咳嗽声、马的落蹄声、乌鸦的嘎嘎笑声，证明原野上他的存在。

不，别说，他不是唯一的行人。不久，不久，他就看到前头有两个行人。两位老人，他们佝偻身体，向前倾斜，手里拄着栎木，互相搀扶，像是顶着大风，满头白发地向前走。原野上没有风，松尾芭蕉没有感觉到风，而那些白头发刺目地飘动。他加紧几步，赶上两位老人。那是他的爸爸妈妈。妈妈，爸爸，是你们，你们这是去哪儿？

哎，是阿童啊，妈妈说。阿童是松尾芭蕉的小名，这个称呼让他激动起来，眼泪滚烫地溢出来，好像回到了童年，回到了童年他生病时，被妈妈抱在怀里，那时，疾病如同蝼蚁。

妈妈，你们要去哪儿？

去扫墓，今天是清明节。

哦，清明节，没有下雨？

没有雨，没有风，没有月，没有星，但是路上的行人，松尾芭蕉，真是要断了魂。他牵着马，剧烈咳嗽，在空荡的原野上更撕心裂肺。妈妈拍着他的背，阿童嗳，生病了啊，有没有吃药呐？有没有出汗呐？

没有吃药呐，妈妈，我在这里走路就是要出汗的。

有马你为什么不骑呐？

这是阿重家的马，是带路用的。

哦，是小阿重啊，当年你要是讨她当老婆，现在我该有孙子了。瞎说，爸爸说，阿童说的不是以前那个阿重，那个阿重早死了多少年了。对哦，对哦，妈妈说，她下河洗衣服淹死了。阿童啊，妈妈又说，有病就要吃药，吃药才能出汗，别死扛着。

妈妈，这是病毒性感冒，没有好药。

瞎说，有病就有药，天经地义。

妈妈，我想靠自身免疫系统战胜病毒。

就是不听话啊你小阿童，以前叫你学一门手艺，当个木匠多多好？当年龟山木匠道人的手艺多少人想学？你就是不听话，非要去学俳谐，丢人呐，就要跟人家不一样，你看看你小阿童……妈妈拄着栎木，又怜又爱地说着。松尾芭蕉更加剧烈地咳嗽起来。少说两句吧，爸爸说。

你讲我讲的不对？你看看他，一个屎壳郎，趴在树叶上，树叶子哩，在水中央。一辈子。

你讲得对，讲得对。

他哇，就是秋天的知了叫，不晓得自己的死期到。

少说两句吧，他已经死了。

是哦，可怜我的小阿童嗳，已经死咯。给你，阿童嗳，你的脐带子。

这就是松尾芭蕉的一生，一根脐带，枯糜的、发黄的脐带。那么说，我已经死了？难道是地狱之火在烧我？难道？妈妈，爸爸，你们要去给我扫墓吗？

他们走到一座山前，轻雾笼罩着山。两位老人领着松尾芭蕉，沿着山路向里走。在山里，爸爸妈妈健步如飞，他几乎跟不上。山路两旁开着野花，争奇斗艳，山外人永远领略不到。蝴蝶飞舞，翅膀里带着花香炙热的野风，拽着树藤登上石阶，紫罗兰就在手边，青蛙跳进山里远古的池塘，鸟叫个不停，鱼哭个不停，蝉钻进石头的静寂里，鹿鸣的尾音下落不明。这是个好地方，好地方啊。他们来到一座枯坟前。妈妈拂去墓碑上的蓬草，从篮子里取出杏子、清酒、米饭团，搁在墓碑前。是的，是"松尾芭蕉之墓"。在一侧，刻着一句俳：

旅に病んで 梦は枯野を かけ廻る

是他的墓。松尾芭蕉坐在杀生石上，身后有许多蜜蜂和蝴蝶的尸体，他哭起来，像是秋风，这哭声，可以哀悼自己，也可以哀悼那些蜜蜂蝴蝶。

妈妈，爸爸，我该走了。松尾芭蕉告别了两位老人，下了山，继续行走在原野上。他感觉累极了，于是爬上马背，任由老马识途。

当他猛然醒来，浑身几乎湿透，但是神志清明了许多。他仍然趴在马背上，马并没有继续走，正低头吃草。天亮了，是真亮了。远处有炊烟。他回忆刚刚的梦，残断不清，依稀是他遇到父母，他们去给自己扫墓，并且，墓碑上有一句俳。他使劲回想，掏出纸笔，在马背上记下那句俳。

马走到墙边停下了，他们已经走过了那须原野。他用布巾装了马资系在缰绳上，在马的屁股上给了一巴掌，马回家了。他坐在墙角休息，身体里的战火稍微平息，烟雾还在弥漫，他抚摸着手边一朵藤花，盲法师们在演奏琵琶和三弦琴，制伞人在石臼里蓬蓬地打浆，阿重端着木盆，盆里盛着衣服，向他招手，她要去河边去洗衣服。他不知身在何时何处，大概是早晨？不过他已经意识到，这是他最后的梦，最后的清晨，以及，最后的俳。

日出·印象

记得有一天，我们走在清晨日出的街头，肩并肩，手插在上衣兜里，步伐一致，脚底下踩着新湿的地砖，踩出好听的啧啧的脚步声。哪一天已经说不上来了，那时候我们常常这样走着。那天，我们就这样走着，塞尚对我说：我们应该沉默。

叫我怎么回答呢？我不明白他的意思。我说：你已经够沉默的了。然后我们继续走着。他像是不小心从嘴巴里掉下这句话，他拾起来，并不解释，而且看起来也没打算解释。而我呢？总不能像个白痴一样，追问：我们是哪们？沉默是字面意思还是象征？没有，我才不会追问。让他继续他的沉默吧。他的沉默，有时候让人觉得清风徐来，有时候让人气不打一处来，甚至某些时候让人心里噔噔作怕。就像当他走在前头，我走在后头，我害怕他肩膀头的宽大，他走路姿态的不对称，还有他侧脸时鼻子的钩状阴郁。我刚认识塞尚时，他那么羞涩，那么年轻，那么……他站在一棵梧桐树下，叶子落在他的头顶，他像个失去父亲的天使。哦，他的父亲是一位银行家，所以他那时穿着还很体面，好像跟我们不是同一类人。他不说话，更喜欢用点头、摇头、皱眉和微笑来对付我们。有人说：那个年轻人没有天分，而且太羞涩，没有气魄。而我最喜欢的，正是他的羞涩。我必须用羞涩这个词，因为当时我觉得，他的沉默寡言仅仅是因为羞涩，我就是喜欢这点。我们一起作画，一起散步，一起吃饭……一起说话，大多是我说他听。

我注意到，他说的是"我们"，好像把我也拉进应当沉默的队伍里。但是，对不起啊，塞尚，我说，我不能像你那样。

人与人的差异，就像是色彩的差异。我喜欢说话。小时候奶奶在我早晨刚睁开眼睛就开始对我说话：沙，去烧水；沙，你的头发里有虱子；沙，你知道人为什么要吃蜗牛吗？沙……所以我学会了说个不停。可以说塞尚一辈子说的话没我一顿饭的话多。在爱弥儿咖啡馆，我说的更多。在那里，我轻松自在，可以吹口哨，抖大腿，俏皮话是莱茵河的桃花水，人生哲理是先贤祠的石墓碑，我喜欢这样，我喜欢大家哈哈大笑，我也哈哈大笑，我喜欢艺术家们恬不知耻自以为是的大道理，我喜欢他们对色彩的性幻想，我用我的胡子作证，我们每个人都喜欢，其实塞尚也会喜欢，只不过我们用词语来喜欢，他用沉默来喜欢。所以，他用"我们"是难为我了。

后来我改变了对塞尚沉默的判断：不是因为羞涩，而是因为冷漠。他是个局外人。两团迥然的色点凑在一起，近看分明，远看就调和成新颜色。但他永远是跳出去的单独的一点，无法调和。我渐渐明白他在我们这群人中间，不是要寻找友谊，不是寻找认同感，或者从我们这些艺术家身上学到什么新鲜玩意儿。我们是他的观察对象，他的小白鼠。他需要友情吗？不，他可以一声不吭和朋友断绝往来。他需要爱情吗？我看未必，我见过他曾经对一个模特献了一晚殷勤，是为了能更精确地研究她的身体。他需要老师吗？哼哼，有时候人们说我是他的老师，是的，我给过他几分建议，他也礼貌接受，不过我能看得出来，他的作品里没有我的丝毫建议，或者说，有些时候他遵从了我的建议，但他怕是不会承认那是他的作品。对此，我倒并不气恼。我喜欢塞尚，就跟喜欢其他年轻人一样，莫奈、雷诺阿、高更、梵高，近看，他们都是迥然的色点，我喜欢，而当他们凑在一起，混淆成新的一体的颜色，我也喜欢。相比他们，我的年纪很大，太大了，能用鼻子闻出他们的差异。我闻出来塞尚的局外人身份，并且害怕总有一天，当他觉得足够了，就会不辞而别。于是我不愿意这么认为，仍然认为他是羞涩的，我喜爱他的羞涩。或者退而求次，我愿意把他的沉默归咎于对言语的不信任。

一个典型的塞尚的形象（后来他已经邋遢了，头发脱了许多）：趴在桌子上写写画画，把黄稿纸斜在面前，脑门上的光亮跟随笔下的线条流动。那是一种带有横线、分栏的稿纸，我们都喜欢用这种稿纸来速写或写日记，我们称之为"塞尚纸"。因为由塞尚供应。每天，他会用掉上百张，如果算上其他人"借"，怕要上千张。不用担心供应不足，无论什么时候，无论是谁，你去找塞尚：塞尚，借我几张纸。他就会从皮包里抽出一沓给你，不需要任何理由。那个皮包已经给磨得发亮，据说皮包十分昂贵，价钱可以买下一间咖啡馆。是他父亲送的生日礼物，那些稿纸，也是他父亲的赞助。人们说，他有一个好父亲，支持他艺术追求的父亲，于是，人们找到一个解释——事情就是如此：当你得到亲人的支持，就难以触及艺术的灵魂，只有亲人反对高压，才能赐予你力量。他们嘲笑塞尚的天分，他的体型，他的沉默寡言，甚至是塞尚纸。左拉在沙龙里讲过一个塞尚的笑话。当然，他没有提及塞尚的名字，可是他是一个善于利用词语的人，他用了一串形容词来形容那位"画家"：矮矮的、胖胖的、头发稀松、鼻子鹰钩、寡言少语……而最直接的线索是，那位"画家"有取之不尽的稿纸。这不是塞尚是谁呢？他说的那件事情也像是我从塞尚那里听来的另一个版本。左拉在沙龙贵妇人面前，把这件事情渲染成一个笑话——那位"画家"在野外写生，感到便意来袭，他没有立即解决，而是在稿纸上画了许多维纳斯，用来当手纸，因为"画家"觉得，这能让艺术和美进入自己身体，从而变成一个更有创造性的艺术家。我听到的版本是塞尚在此表达一个艺术观点：一件艺术品，用眼睛欣赏或者擦屁股是没有分别的。塞尚没有料到左拉会把这件事情扔进沙龙里博人一笑，更要命的，是它的平庸无比。同样的素材，在不同艺术家手里，他选择这部分，他选择那部分，选择的不同，是艺术家的不同。我闻得出来，塞尚对左拉的背叛感到失望吧，更失望的是言语的背叛。沉默是对那背叛的最好报复。

心中所想，不必说出口，说出来的，并不是真实所想，真实所想的，永远没法说出口。我得说，如果塞尚感到言语的背叛，那是由于他寄予了过高期望。有时候，我们并不是用言语来表达想法，常常，我们用言语表达情感，我们需要爱，人们害怕孤独，于是，我们对人说：我也是这么想的（哪怕他并不是那么想的）。言语的精确性无所谓了，说出口才更有所谓。不过，这或许是我作为非沉默者的看法，而在沉默者来说，正相反，沉默具有力量。至少对塞尚，沉默是属于他的一把匕首，能穿透迷雾刺穿铁幕，是一张盾牌，挡得住羞辱抵得住愤怒。我们亲眼看见他对他的父亲亮出过这件武器。

塞尚的父亲跟塞尚一模一样，矮墩墩的，宽乎乎的，鼻子勾勾的，眼睛突突的。如果他和塞尚坐在一边，除了头发更少（几乎没有），脸色更红润，衣着更光鲜之外，几乎是一对双胞胎兄弟。那天下午，和往常一样，我们聚在爱弥儿，他坐在塞尚旁边，我们都认出，这位就是他令人尊敬的银行家父亲，那位塞尚纸的赞助人。

他们坐在那里，像是对峙，隐隐迢迢，我闻得出来，他们中间的空气正在刀光剑影，而其他人仍然无知地在旁边大谈点彩和线条，或者跑过去感谢老塞尚的稿纸。大概是这，让老塞尚找到突破口，他开始指责儿子，供应稿纸是让他练习会计而不是鬼画符，更不是让他做人情，他以后再不会供应稿纸……他指责塞尚不懂社会责任，不懂家庭责任，如果他决定继续画画就会断了他的月钱……塞尚没有辩解，没有否认，没有承诺，他望着父亲的嘴巴，一言不发。老塞尚无处发力，于是把矛头对准我们，骂我们是社会蛀虫，是乌鸦、鬣狗、不学无术、比羽毛还轻浮、比地沟泥还污浊……可是呢，我们大多数人觉得他骂得好，于是我们哈哈大笑起来。老塞尚自讨没趣，转头继续对付儿子，说要剥夺他的财产继承权。这可了不得，我们安静下来，这可是了不得的威胁，应该是好大一笔钱吧。我们等着塞尚的回答，他父亲也在等着。塞尚用铅笔在稿纸上画着，勾勒出一片羽毛，然后是一只鸟，然后抬起头，点点头，嘴唇张都不张。意思是显然的，他要继续画画。沉闷的一记重拳，好好好，老塞尚突然老了许多，他戴上帽子，离开了爱弥儿。父亲败了，儿子赢了，我们都看出来了。那次之后，至少莫奈对他另眼相看了。后来，稿纸继续供应，月钱依旧，父亲死后，塞尚继承了一大笔遗产。我的父亲也曾阻止过我画画，让我去卖鞋子，我在他面前说了九个小时，结果我父亲呢，从此断了我的经济援助。这么我想，也许我是该沉默。

塞尚之后再没提起那句"我们应该沉默"，我也几乎忘了这句话。有一天，毫无征兆，他断了我们的往来。他不需要我们了，我再也不会和他一起走在巴黎的雨中，走着喷喷的脚步声，我们的绘画走向不同方向。后来我看到过他的几幅《圣维克多山》和《玩纸牌的人》，我闻得出来，那是不同的，但是不同之处在哪里，我闻不出。可能我已经老得过头了。

今天，我突然想到那句话。我正在读一位中国诗人的诗，读到这一句——东边的墙角有菊花，南边有山，山在云雾和夕阳中，鸟儿飞过，结伴还巢。陡地，我面红耳赤，我重新想起那天，如此清晰的行走和那句话，若有所悟。我和塞尚走在清晨日出的街头，肩并肩，手插在上衣兜里，步伐一致，脚底下踩着新湿的地砖，那些好听的啧啧脚步声。他说：我们应该沉默。

地球上最后的夜晚

梦露从来不生病，每一位妇产科医生都赞美她的子宫，称她为大地之母。有很多说法，说梦露的父亲是一位圣人，或者说她出生不久，月神给了她祈福，还有人说她是从来没有爱情的缘故。久而久之，人们对梦露的情感从崇拜，到热爱，到嫉妒，到憎恶，到污蔑。梦露和周围的人格格不入。直到某月，她的膝盖疼，去做磁共振。诊断书上写的是：左膝关节少量积液，髌前局部筋膜略肿胀。内、外侧半月板前、后角见异常信号。经磁场图像回归，该信号属于未知非地球文明。医生把这份诊断书寄到《好莱坞晚报》。人类学家破译了那段信号，明白了那是梦露的同族人在催她回家。梦露在离开地球的时候，原谅了人类。人类此时重新对她表达爱意。梦露拒绝了，爱是一个圈套，她说，如果时间有两条腿，一定是一长一短。如果过去是现在，那么，当然如此。这是她留给人类的最后一句话，人类学家无法破译，肯尼迪总统说：这句话里藏着一个宇宙公式。

狗年月

今年是戊戌年。在回家的路上，康有为遇到一条老黄狗，那条狗一脸衰相，追着他闻。有什么好闻的呢？他身上难道有什么好吃的？或者是踩了屎？或者是那条狗也看准了他的衰相？绕着走吧，绕着走总行吧，狗却不饶他，尾随着他，从左到右，从右到左，模棱两可的狗语在那条老喉咙里蠢蠢欲动。他骂道：要不是今年是狗年，不打折你的狗腿我就叫康无为。狗磨尖牙齿，汪汪直叫，又把舌头顶到鼻子尖上，好像很馋的样子。妈耶，康有为端起袍子跑了。跑到人多的地方，暂告了安全。他被一群茶客护住，豪气重新生出来，敢指着狗骂了：你这条癞皮狗欺我太甚。那条狗失去目标后（或者说，目标太多），颇为落寞地低头嗅觅。它被台阶下一坨陈便吸引住，并不理会康有为的斥骂。

茶客中有人认出康有为。呜呼，这位就是南海先生，就是他在搞变法。大家围上来问：干嘛要变法？能捞到什么好处？皇上干不干？老佛爷干不干？洋女人好看还是中国女人好看？一夫一妻是哪个王八蛋出的鬼主意？皇上属鸡还是属狗……康有为想挤出去，可是周边一条狗能钻的缝也没有，而且他的袖子、领子、衣襟，都攥在这些人手里。他试图让大家冷静下来，但是那些问句都带着火尾巴，他迷失了，困住了，这是哪儿？白天还是晚上？他们在问什么？那些毫不相干的词语，带有方言的油腻味道，带着灼热发亮的余火，一条条，一根根，一滴滴，往他的眼睛、鼻子、耳朵和嘴巴里射……生意、麻绳、买官、通奸、白胡子、烤山芋、梅毒、狗腿、杜甫、天桥、垂帘听政、阴道炎、大头和小头、逃跑和顶包……你们在说什么？康有为大喝一声，咳。这一声竟然起了作用，人们稍微安静了一口痰的工夫。康有为说：物久则废，器久则坏，法久则弊……只是这么个工夫，人们重新闹开了：什么东西？有人翻译一下？什么坏了？哪儿坏了？……这时，外围有人叫：狗咬狗了快来看。人们顿时松开了康有为，袖子上、领子上的那些手，抵住他屁股的那些膝盖，踩着他脚的那些脚，都撤走了。他们在旁边围成另一个圈。康有为抻头看看，是刚才那条老黄狗跟另一条黑狗翻在地上对咬，那条黑狗年轻些，老黄狗形势不妙。你也有今天！大概是为了那坨屎吧。康有为的衣服祥子给扯断了，断了，衣服合不拢了。他往家走，边走边伤心。真他妈伤心，真他妈应该伤心，他，堂堂南海先生，上能与圣上谈笑，下能予万民调教，竟然衣冠不整青天白日。该伤心啊，学生也不称心。上午，他领着梁启超去见一个大人物，这个大人物啊，名字不提也罢。大人物家里养了一只绿皮鹦鹉，大人物一边接见他们，一边喂鹦鹉吃玉米。康有为说明来意，想得到大人物对变法的支持，他拍了一箩筐的马屁，许下一大洋的好处（他瞧见了旁边梁启超的表情，是的，他瞧在眼里）。大人物把玉米粒放在指甲槽里喂给鹦鹉吃，鹦鹉说：两个白痴。大人物哈哈大笑，他也只好哈哈大笑，真他妈让人伤心。出了大人物的家，梁启超气呼呼，扭头走了，招呼都不打一个。毕竟年轻啊，为了变法难道有什么不能牺牲的吗？还是太年轻了。

路过一座高楼，康有为原本空荡荡死气洋魂的身体出现一阵脉动，哦，条件反射式的勃硬起来。这座楼里的楼凤曾经给他带来许多慰藉，现在他就需要这个。他掏出手机在附近的人里搜，很快搭上一位，加好友，合价钱，这就上楼。

他站在客厅踌躇满志，在这一天里，踌躇满志又一次光顾了他。嗯，他能征服一切。楼凤的腰上那一圈肉十分惹眼，不过他这个年纪已经学会不那么挑三拣四。卧室里单独一张大床，大床上铺着深红带花的被褥，那朵红花就够点起他的火堆了。他跟楼凤说：待会儿你在上面搞我在下面想睡一会儿可好。楼凤说：随你。她领他到床边，脱掉自己的外套，催他脱衣服。搞快点。康有为脱了只剩最后的短裤。楼凤说哎呀，对了现在的规定是要先付钱。完事以后给不一样吗？不行哦，这是规定。规定，他妈的，规定。康有为从窗台取来衣服，掏出钱包，没有现金，又掏出手机，问可不可以微信或支付宝。不行，楼凤说。戊戌年了，竟然不能微信不能支付宝，康有为说，色情业极其需要变法。楼凤说，现在微信支付宝取现要手续费，如果一定要用，价钱多加 5%。康有为不能接受，他要下楼找 ATM 取钱再来。他们再穿好衣服，楼凤送他出门。

康有为没有回去，他回了家。他路过 ATM 没有取钱，他准备取来着，确实是准备取的。前面有一个人在取，康有为站在他后头等，等了许久，重心从左脚到右脚，从右脚到右脚大拇指，从右脚大拇指到脚后跟，从脚后跟到地上的眼泪，咦，他发现，他发现自己眼泪流下来了。他决定回家。

在家里，他躺在竹椅里自慰，天黑了，他感到，随着体液的射出，有些东西才重新回到这具身体里。

那位楼凤在康有为离开后，接了两位客人。一个胖子，用支付宝付了钱，愿意加5%手续费。一个秃子，也用支付宝付钱，也加5%。招呼这两位客人，楼凤心不在焉，她还惦记着康有为取钱回来呢。好在到了第三位客人，客人付了现金，她就忘了这回事儿。

太阳照常落下

　　纽约不是金刚的家。金刚骑在帝国大厦的顶上欣赏日落，至少，从这个高度，日落是相似的。只是没有峭壁可以依靠，他以一种不尴不尬的姿势骑在一根杆子上。

　　落日会很漫长，金刚很想念家乡。

　　一个绿色的小人在往上爬，停在金刚的脚边。他说他叫浩克，是漫威公司派来的谈判专家，想听听金刚的需求，希望他能下到地面上说话。金刚告诉浩克他没有任何需求，只想安静，他只是在看日落。等到光线消失，他就会消失在黑夜里。在家乡，傍晚时，金刚总要坐在悬崖上看日落。他的家乡是不规则的，没有秩序，却总能让他激动。浩克说他曾经也有两年的时间生活在丛林里，他喜欢那里的原始。金刚说家乡有一种蚊子，就像现在周围的飞机那样喜欢围着他转，他想念蚊子叮咬他的刺痛，亲切而且温柔。以前他吃荤，现在他吃素。浩克点点头，说他也曾跳上很多架飞机，他能闻到飞机的铁锈和机油。他们陷入沉默。后来浩克挑起新的话题，问金刚在家乡是否孤独。当然，金刚说，当然孤独。所以他喜欢日落但讨厌日出。那天，他在睡觉时，遇见安。金刚养过很多宠物，包括鼻涕虫、樱桃巨蚊、猴蟒和霸王蚤，他从没见过安那样的物种。他对安付出所有之前他宠物情感的总和，那样他不孤独，后来他竟然变成宠物的宠物，比孤独更可怕。金刚想不到更合适的形容词，也许是有些哽咽，没有继续说下去。浩克说理解理解。金刚说算了，不想跟浩克谈这些，因为浩克根本就不懂。一个谈判专家，总是摆出理解任何事情的姿态，好像总是跟你站在同一战线，却更惹人讨厌。一个谈判专家千万小心，不要轻易说出"理解"这个词。他们体型巨大，沉默巨大。

后来浩克说金刚误解他了，他是真的能理解。他曾经被 α 射线穿透，激活了他体内的叶绿素，所以变异成绿巨人。纽约也不是他的家。他有一些同伴，但是那些同伴从来不理解他，只是把他当成一个傻大个。他和他们隔绝，一个人在家时常常感到绝望和伤感，他总想融入这个他不属于的世界。现在，他若有所悟，金刚是醍醐灌顶的杵。

那么，他们有两个选择。一是金刚跟浩克回到地面，接受人类的心理辅导。二是绿巨人浩克陪伴金刚一起看太阳。他们一个在上，一个在下。一个全身乌黑，一个通体发绿。

十亿个精子，或者虚无

安吉丽娜，我好想你。怀孕的安吉丽娜，我好想念，你的乳房，你的肩头，你的唇语，你的劳拉式的决绝。落日曾经那么美好，我在溪桥上看见你和你的美丽，我想，如果那属于我，明天就不会日落。我看见你和你的寂寞，我猜想，你的子宫寂寞吗？在那里生长着的，是我的后代？真的吗？岁月折磨我们，戏弄我们，孤独我们。

密西西比河匆忙，莱茵河匆忙，幼发拉底河匆忙，黄河匆匆忙。林花谢了春红，太匆匆，无奈朝来寒雨，晚来风。子宫里的分裂匆忙，你我的距离匆忙。更能消，几番风雨，匆匆春又归去。来匆匆，去匆匆，短梦里你就是如此。

春天过后是夏天，夏天过后是秋天，秋天过后是冬天，冬天过后是春天。没有一个季节属于我，它们属于你，你用它们来怀孕。生而为人的最高正确。对于我这样错误斑斑的人来说，多错一次不算什么。甚至，我对错误有小别重逢的期待。

今晚，我是孤独的，你是怀孕的，我是痴情的，你是母性的，我是愁眉不展的，你是双重心跳的，我是嫉妒的，你是胃口大开的，我是凝固的血，你是安吉丽娜。

梦的反面是虚无，里面住着那个上帝或恶鬼。他随手一挥，撒下一把精子，用扭曲的符号证明他的现实。我曾经以为我们住在这头，然而终于应该明白，你我各自两边。中间隔着的，是那个老东西制造的假象。

安吉丽娜，安吉丽娜，把你的秘密告诉我，那个你屈服于虚无的秘密。我可以痛恨它，打碎它，揭露它。但是，我知道我只能但是，那个秘密就是你的后代，是你子宫里正在孕育的，是一个月前老家伙撒在里面的。老东西对我说，这个秘密也是你的，于是你也这么说。不，我一定会拒绝。不是我的，不是我的，绝对不会是我的。

你让人递来一张纸条，上面写着：请帮我一个忙！我抬眼回应、寻找。在人群中，你在燃烧，永远年轻。岁月制造了落差。表面的苍老，掩饰了我的幼小，河水逆流。相隔的许多光年，不能阻碍，我的目光疯狂，无法阻碍，能穿透时间和空间的疯狂。帮忙，既然你已开口，必然满足。我这就转身，甩出你的星系。

我们会再见吗？可怜的问句，滚烫的问句，发着高烧，是呓语的隐喻。再见，再见。我所迷惑的，不是发音模糊，而是其中裂开的歧义。期望和绝望本身就是一对双胞胎。总是如此，总是如此，究竟是你无穷的语言能力，还是我已陶醉在你的怜悯。

安吉丽娜，安吉丽娜，我向一个方向走，嘴巴里是要快意恩仇，而眼睛里是清泉石上流。小时候，我在山里长大，你是知道的，我就要回去那里，山尖的每一度角都在凝视我的归途，每一片树叶都在温舔我的脚步，我将，最终，躲进其中一片。蚂蚁搬弄我，蚯蚓蠕动我，蝇蛆腐烂我，当我白骨嶙嶙时，正是你幸福的最高点，手捧新生儿，露出我谙熟的微笑。然后警惕，最高点是脆弱的，从我身上就能知道。所以警惕，这是最后的赠言。

给青年姑娘的信

里尔克在写一封信。

你好，莎乐美。我还不知道你的名字，不要奇怪为什么叫你莎乐美，因为只有这个名字才能配得上你。河流仰慕大海，野兽仰慕森林，月亮仰慕太阳，我仰慕你。不，先别急着告诉我你的真名，让这美妙的时刻再久一点，让期待延续下去，你的名字对我来说是一份礼物。你也一定不知道我的名字，我叫里尔克。我仰慕你，但你未必注意到我。最近这些天，从上个礼拜开始，我们每天都见面。在你家面包店里，每天早晨六点五十左右，我戴着眼镜，穿着黑色小风衣，摘下帽子时头发呈现褐色，胡子总是刮得干干净净，我会来买一个鸡蛋包带走吃，如此自我介绍，你可认出我来？你可以问问你的小姨，她知道我，信停在这里，已经停了许久。里尔克坐在桌前，等待一个词语或者标点符号。他重头读一遍，不满意，不满意，很不满意。

里尔克看到自己眼球周围开始生长血丝，失眠的晚上，眼袋沉重，不知疲倦地挂在眼睛下方。正是半夜，或许已经过了午夜，一定已经过了。他拉开窗帘，外面一团漆黑，窗玻璃上是他：一个仰慕者，一个不算青春的男子，一个对孤独上瘾的瘾君子。窗外呼呼起了风声，猫在屋檐上追逐老鼠，夜场的情爱游戏正浓。他毫无困意，感到异样的孤独，通常孤独让他快感，而今夜有些不同，他跃跃欲试想要挣脱。一个小时前，他躺着睡不着，在黑暗里睁大眼睛，他怀疑自己能看见顶上天花板的裂缝，那条巨大的深渊引诱着他，一张模糊的面孔也在引诱着他，于是他坐起身，披好衣服，打开灯，面孔消失了，关上灯，面孔又浮现出来。那张面孔属于路口面包店新来的姑娘，新鲜、陌生，经过他印象加工的细节处理，融合了其他女性的面貌。他觉得要做点什么，于是他坐到书桌前开始写信，可以说这是一封情书，他要向那位不知名的姑娘倾诉爱意。这是治疗失眠和孤独的良药。

他用莎乐美来称呼那位姑娘，在他心目中，这是一个完美的女性名字，不论从拼写、发音还是联想上，都那么完美。但很快他又觉得不妥，担心造成一些误解。开头的比喻修辞也糟糕透了，和后面自我介绍的形象一样，刻板、无趣、没有底气。况且，为什么要自我介绍呢？毫无必要。如果明天他亲手把这封信递给她，他的形象就确定下来，甚至，在更早时候，在这些天陌生的早晨里就确定了，只是在他递过去的时候，确认无误哦，是这个人。

里尔克决定重写，应当用浪漫、抒情的调子，放下那些外在的，要去展示自己的内在。他掀开信纸，重新开始。这次，他打算用"面包姑娘"来称呼她，朴素一些，又带有朦胧的距离感。

你好，面包姑娘。你家店门前的柳树发出新芽，嫩绿地在春风里欢快生长，它的生长与整条街上其他柳树的生长不同，不同之处在于它由你家店里的面包香气、油脂香气还有另一种诱惑的、甜蜜的、突如其来的、领先于春风的气体催生，是我发现了这个秘密，发现仅仅一个星期里这奇妙的自然界变化，而且我找到了原因，是的，那就是你。你的到来，促使了这一奇妙的自然变化，你浑身上下散发出春风，滋润万事万物。我是你家的一位忠实顾客，我叫里尔克，去问问你家小姨，我几乎每天都在你家买面包吃。我只买一种面包，鸡蛋包，那是我最爱吃的早点，而你家鸡蛋包无疑比其他任何面包店的任何面包都好吃，甚至可以说，我在其他家没见过有卖鸡蛋包的，那鲜嫩的荷包蛋金黄的油脂润湿了夹裹它的面包片，就像是金星和火星各自运行在太阳的两端，不要说吃了就是看也足够让人心旷神怡如同置身于茫茫宇宙的飘渺，在这样的早晨，吃到这样的鸡蛋包，尤其站在你家店门前柳树下一边等公交车一边细嚼慢咽，柳叶也随风为这场欢宴欣欣起舞，生命重回起点，新的早晨，新的世纪，新的生命。如果我瞎了我还能看见你，如果我聋了我还能听见你，如果没脚我也能走向你，如果没有嘴巴我也能呼喊你，折断我的胳膊我就用心抓紧你，就像手一样，取走我的心，我的额头还在跳动，用火浇灭我的额头，还有我的血液追逐你。你的到来标志新宇宙的诞生，我闻到了，所有事物在围绕你转动。

等等，不对，里尔克闻到的，其实是象征的甜腻。当这里写柳树时，他想说什么？当写到他只吃鸡蛋包时，想说什么？这些绵软的长句，遮遮掩掩，怯怯懦懦，有什么话不能明说的！这些句子让他自己都脸红，再次显出他的优柔寡断。其实，里尔克很不喜欢柳树，她家店门口的那颗柳树是歪的，树根撑破了路牙，树干用钢管撑住，有人用铁丝绑在上面晾衣服，铁丝已经陷进树皮里，经常有鸟在上面拉白色的屎。再过一段时间，空中就会飘起柳絮，那是柳树的精子，以前他曾把它们吸进喉咙，引得扁桃体发炎。他不喜欢柳树，不喜欢那棵柳树。柳树，似乎在某种语境里跟爱情相关，而现在再用这种手法，就很庸俗。他对鸡蛋包也并没有特殊爱好，并不如信里所传递的那种"专一"的意味，他也没觉得鸡蛋包多好吃多好看。当初他第一次走进面包店，店主，也就是姑娘的小姨向他推荐了鸡蛋包，他只吃这一种，这样就不用面临选择，更可以省去很多口舌。而且，价钱非常恰当，两块五，通常付五块钱，再找两块五，两块钱坐公交车，剩下的五角在下车后买一份报纸，不多不少，没有丁点儿零碎。

哦，象征，是一片毛玻璃，看上去美妙，事实却无趣。里尔克经常提醒自己别用象征，不过有时候，他也不知怎么回事，不由自主。拒绝象征。唯一满意的是中间那段如果如果的小诗，不过用在第一封信里，稍微有些……血腥。他撕了这页，再来一次。

姑娘啊姑娘，你来快一个礼拜了，但是对我来说简直又是一辈子。你不认识我，我可认识你，在你来之前，你家小姨就跟我说了。她说，我家那个丫头在外头谈坏了个男朋友，要躲到我这来。她又说，我家那个丫头啊，比鹅卵石还单纯。听她形容，想不出你的模样，直到看到你，我就知道，坏了，这个姑娘是要人命啊。上个星期一，我去面包店里发现你在。你找我钱的时候，用食指和拇指捏了一枚硬币递给我，对，我先发现你的手指，你的手指跟圣母玛利亚的手指一模一样，饱满，充满怜悯，再抬头看，你的脸也像圣母玛利亚一样，真是要人命。我叫里尔克，我一定是爱上你了。我是好人，滴水不漏的好人，不信你去问你家小姨，她以前就是这么形容我的。我是面包店的老顾客，特别喜欢吃你家鸡蛋包。你家小姨整天像只喜鹊，每天都把牙齿露在外头，好像不要钱一样，很讨人喜欢，我当初就是被她那口牙给引到店里头的。你家小姨一个人开店不容易，她就希望有个帮手，你来了她就高兴了，那天还说请我吃饭喝酒，不过到现在也没下文。不过说真的，你应该留在这里，我也希望你留在这里，我真的是个好人。女孩子谈了个坏男朋友不要紧的，吃一堑长一智，下次换一个成熟稳重的，比如我这样的。我这个人爱好广泛，不光喜欢鸡蛋包，还喜欢看书，喜欢听音乐、看电影、下棋，有时候还写诗，我的欣赏水平很高，一般东西我瞧不上。这个周末，最好是礼拜天下午，我带你到附近转转。旁边有座公园，公园里头有名花异草，还有好多雕塑，空气比街上不知道好多少倍，那个公园我经常去，我有月票。逛完公园，我们去看电影，最近上映《地狱男爵》，片子不错，很有魔幻现实主义风格，讲魔王撒旦有个全身通红的儿子，他在人间不干坏事尽干好事的故事，听起来就有意思吧。看完电影，我请你吃饭，我们绝对不吃鸡蛋包，吃什么随你挑，你想吃熊掌我带你吃熊掌，你想吃燕窝我带你吃燕窝，你想喝酒我陪你喝酒，你不想喝我就自己喝。最后我还能送你回家，把你还给你心爱的小姨。这封信不要给你小姨看，不然会妒忌死她的，她也是个好人。

没有象征，没有长句，想说的都说了，不想说的没多说，说到底，这封信应当引起下一步行动：约会。这一稿，还算满意，姑且算是满意吧。他特意用轻快一点的语调，女人，喜欢幽默的男人，这句话是谁说的？不过，不过，记得还有人说过，不要在一个女人面前提别的女人。在这一稿里，似乎，那个小姨出现太多了些。太暧昧了。里尔克想不起来小姨在什么场合下说的那句话：你是个好人。现在，他也拿不准这个评价是褒义还是贬义。一年前里尔克搬到这片街区，选择在这家面包店买早点，他一直在这里买鸡蛋包，是一位普通顾客，每天跟店主的对话很简单：找你两块五、谢谢、欢迎光临。夏天的一天，店主，也就是这位小姨突然对里尔克说，要不要晚上一起吃饭，他说可以。晚上他等她打了烊（提前打烊），先去她住的小公寓里换衣服。她一个人住，客厅墙角有一双浅帮的跑步鞋，孤零零地一双。屋子外面有杨树，树叶浓重，哗哗作响，他等在客厅。小姨在卧室换了衣服，然后在厕所里抹了口红，他以为她要穿那双跑步鞋，但是没有，她穿了一双凉鞋，凉鞋放在鞋柜里。吃完晚餐，小姨想散步，他们在沿河路散步，在球形路灯下的长凳上坐下来休息。他们那晚说了些什么，里尔克现在已经记不起来了，无非是一些工作啊，面包啊之类的闲话吧。他能记得后来，小姨在长凳上躺下，头朝着暗处，两腿分开在凳子两边，正对着里尔克。这算是邀请吗？里尔克望着她隆起的耻骨，那里像是在呼吸。他没有俯身过去，周围非常安静，那些蛐蛐无知地叫着，鱼浮上水面喘气，飞虫在他们身上留下阴影，他什么都没干。后来，她坐起来。他把她送回家。后来，每个早晨，他们跟往常一样。

　　不能让这封信给小姨看到，信里表现的里尔克跟那天晚上的里尔克截然不同，哪一个才是真实的里尔克？或许哪个都不是。从什么时候开始，语言失去表达的作用，沦为伪饰。他是语言的奴隶，所以他宁愿孤独。里尔克感到不安，而这份不安也难分真假。他终究还是把信叠好，用布兜装好，放进公文包里。明天的事明天再说，他关了灯，继续睡觉。

什么是真实？什么是虚幻？在失眠的晚上，没法分得清。外面猫在叫，像婴儿，不知是哭还是笑，天花板上裂缝还在，风声刮得暧昧。里尔克睁着眼睛，还是没有睡着。

飞刀，又见飞刀

冻土之下，蚯蚓眠冬，松鼠叶卧，蛇皮老去，乌鸦掘墓。冻土之上，北极熊在观望，喜马拉雅吹来雪风，北斗缩成一行，广播瑟瑟吟唱。李寻欢被踩在地上，脸贴着冻土。他的同学们嘲笑他，还打他，把他踩在地上，把他的诗撕碎了扔在他面前。他们一起笑，就连林诗音也在里头笑。她笑什么？那首诗是写给她的，她看不懂？他们笑什么？是笑他还是笑诗？

冬天，请把这些人的笑声冻住一会儿，让李寻欢想一想，琢磨节奏和韵脚。他没法集中精神，世界正在抽象，眼睛分散了，金甲虫从洞穴里伸出触角，立即又缩回自己的安分守己，蜜蜂在他头上跳无穷大的委屈舞，那些碎纸片上，是他的诗，如今缺胳膊少腿的笔画愁眉不展，血在鼻子里，土在嘴巴里，肿在颧骨上，新的诗句站在脑桥上舔伤。笑吧，笑吧，你们在取笑一个诗人。笑吧，笑吧，总有一天，要让你们哭。真想杀人，李寻欢想报复，报仇。诗是他的武器，瞧那些字。横是枪，竖是剑，撇是刀，捺是鞭，点是锤，名词是刺，动词是砍，形容词是削……诗作为武器，取决于诗人，它可以温柔致死，也可以一刀毙命，取决于诗人。他想杀人，但还没有确定好作为诗人的杀戮风格。今天是他的生日，他写了一首诗给林诗音，结果遭到羞辱。今天，他要当死神，没人跟他唱生日快乐。他要用铅笔在作文纸上列了一份名单，上面有他憎恨的人，也有他喜欢的人（当然，是曾经喜欢），有那些今天撕掉他的诗并且嘲笑他的人，也有过去侮辱过他但是从来不赔礼道歉的人，新账老账一起算。还有一些个别的，暂时没法归类，就在他们名字底下画道横线，走着瞧。这是死亡名单，他给他们安上罪名：软弱，以他人的喜怒哀乐来行动自己。他是死神，只是武器还没有最终选定，暂时就用诗来处死他们。如果有一把刀就好了。刀更无情。他想着杀人，连鼻血也激动不已，甜丝丝地流进喉咙。

　　"恨"一个人很容易，"爱"一个人更容易。李寻欢暂时不想把这两个字区别对待。在他的诗里，它们可以互相替换。在现实里，它们也通常可以瞬间互通。早晨他的诗里有很多"爱"，到了中午，"恨"字占了上风。林诗音这个名字究竟要不要放在名单里呢？

邻居家的黑狗呼着白气，守在院墙底下打量李寻欢，他们有眼神交流，但是互相无法理解。今天的黑狗谁也不恨，谁也不爱，大概在奇怪李寻欢脸上的陌生。它平静地呼吸，尾巴轻盈，皮毛柔顺，但是眼神空洞，像是有离家出走的打算。那么，黑狗，私奔吧，去零下五十度的雪山，那里，爱情冰清玉洁，那里，仇怨冰冻三尺，黑和白模糊了，冷和热混淆了，那儿自由自在……黑狗站在院墙底下，一声不吭，呼着白气，并不理会李寻欢的喃喃自语，它在守护自家的腊梅。腊梅开花了，清香伸出墙外。腊梅花下面是李寻欢家厨房，正飘出羊肉香，和腊梅的清香不同，羊肉香有塞外风沙的浓郁。是爸爸在厨房做饭，中午有羊肉吃。

爸爸问：你眼睛怎么肿了？

李寻欢回答：蜜蜂蜇的。

爸爸说：你当我傻吗？打架了吧？

李寻欢说：真是蜜蜂蜇的。

跪下，小子，跪下你这个不听话的小家子。李寻欢被罚下跪，老规矩，待会儿可能还有一顿尺子。无所谓，下跪就下跪，尺子就尺子，这种手段老掉牙，让人直打哈欠，既不羞耻也不得意，就是无聊。妈妈在墙上一成不变地俯视，既不是责骂，也不是关爱，只是座上观，大概还有些幸灾乐祸呢。爸爸忘了今天是他的生日？这样的生日，不过也罢，死神没有生日。李寻欢想起来，在死亡名单上再加一个名字：爸爸。

诗人真不该有爸爸。他很多次让爸爸在梦里死掉：刀砍、水淹、坠落悬崖、迷路、悲伤、乐极、无所事事……总之结局是一具尸体。好在，死亡在梦里只是中间状态，死者不会从梦里消失，在下一段梦里，他们继续出场，生龙活虎地演绎新剧情。只是梦而已，李寻欢舍不得真的让爸爸死掉，如果爸爸死了，谁给他做早饭中饭和晚饭？谁在他发烧感冒时用自行车驮他去学校？谁用那种故作姿态的凝视逼迫他的渺小？只是作为一个诗人，是不该有爸爸的，因为他们是庸俗的替身，用他超社会的表情封锁你、吞噬你、挤压你、悬空你。不信你瞧，下跪这种仪式性惩罚难道不庸俗吗？只有梦是摆脱这些的，梦没有爸爸，梦是一个伟大的诗人，没有爸爸，它精通各种修辞，把隐喻、象征、空间、转义玩弄于半梦半醒之间，梦自由自在，藐视一切法则。

李寻欢拨弄自行车的钢丝，车轮转动的滴滴声响正满足他现在抽象飘渺的世界观。爸爸不让他拨，他听见爸爸在说：不要碰我的自行车。于是他拉开后座弹簧夹子，拉到底再松开，啪的一声巨响。太响了，就连他自己都觉得过分了，他清醒了，从抽象回到具象。但是，是的，这算是挑衅，是对"不要碰我的自行车"的反抗，如果是梦，它怎么编排接下来的情节呢？

窈窕单车，君子好逑。这辆自行车，绿色的二八大杠，是爸爸的宝贝儿，比他的老婆还老婆。每天下班以后，爸爸要用洗澡布给她清洗身子，从车把到车铃铛，从脚蹬子到每一根钢丝条，从坐垫到轮胎，洗掉一天的风尘。谁也别想碰爸爸的自行车，就连李寻欢也不行，小时候他多想像有些人那样，把腿插进杠里掏骑。这辆自行车，绿得让人嫉妒，高得让人膜拜，铃声脆得人心碎。她的构造复杂，运行精密，就像是天体运动，万有规律，自得其乐。她驮着宇宙前进，阿波罗负责转动，维纳斯负责拐弯，月亮打着铃铛，阿特拉斯负责托住宇宙的屁股。谁不想是宇宙的中心？曾经地球以为自己是宇宙中心，曾经太阳以为是，曾经银河系以为是，然而后来被证明都不是。自行车微微一笑，她才是主宰。

今天，李寻欢做了件大不敬的事情，自行车后座的漆皮给打掉了一块，哎呀，对宇宙主宰大不敬。他先是有些惶恐，但随之就无所谓了。爸爸，能有什么新鲜手段吗？爸爸，你愤怒吧，爸爸，你打我吧，爸爸，你掉一滴眼泪吧，或者爸爸，说一番大道理吧。

然而爸爸什么也不说，回到厨房炒菜去了。

中午有三样菜：洋葱烧羊肉、芹菜香干和萝卜千张。米饭熟了。爸爸斟了一杯酒，盛上两碗饭，然后掏出一把刀来。

那是爸爸的飞刀，装在带花纹的皮套里。李寻欢认得，他梦到过它。诗人多情，刀客无情。这把刀经常把他的梦劈成两半，一半他高兴，一半他伤心，一半里有诗音，一半他独孤一人，一半他自由自在，一半他手缚脚捆。这是黑白分明的刀，有好看的皮套，刀柄盈盈一月，刀刃秋水长波。海上生明月，天涯明月刀。如此美刀，可以射杀仇人，也可以夺命爱人。爸爸也有年轻的时候，据说，以前他怀揣飞刀行走江湖十步杀一人，据说，它尝过两百三十九个人的喉咙，据说，它从来就没有犯过错误。李寻欢见过这把飞刀，但没见过爸爸飞过它，所以，那些据说都是据说。

送给你，今天是你的生日，起来吧。爸爸把刀递给李寻欢。真的是给他的，没错，正儿八经的，是给他的。这让李寻欢迷糊了，不太明白这件事情的逻辑，近乎梦境。爱恨瞬间互通。

爱恨不容易分清楚，惩罚和奖赏也不太容易分清楚。爸爸在八仙桌的东侧入座，留下了北侧位子给李寻欢。爸爸的双腿在桌子下面交叉成未知数，腰背笔直像是坟场墓碑，筷子在手里如封似闭。李寻欢站起身入座，但是没有酒喝。你已经到了学刀的年纪，但还没到喝酒的年纪，爸爸说，今天也是你最后一次罚跪，你长大了。

据说，爸爸的飞刀绝技天下唯一。他喝一口酒，夹一片香干，咬开一团千张，吞下一口米饭，半边腮帮子鼓得高高，吃得滋味，品尝他的刀下亡魂也莫过于此。李寻欢夹了一片羊肉，刀光如酒，羊肉好吃味难猜，刀不醉人人自醉，他的诗界里，黄沙凄楚，刀光月影。

有了这把刀，刚刚那份死亡名单竟然可以兑现。哦，首先要做一件事情：把爸爸从名单上划除。剩下的名字，飞刀毫不犹豫飞进他们的喉咙、手腕和大腿根，他以电影里的姿势飞出刀，头也不抬，飞刀品尝美轮美奂的血，他品尝美轮美奂的恨，旧恨春江流不断，新恨云山千叠，那些名字全部消灭，世界清静无为，开始起风，吹拂堕落的衣角，冬天走向夏日，清晨越过黄昏，他握着飞刀，用拇指和食指，皮套藏在衣襟内里，一头水牛跟随他，河马在歌颂他，青蛙带着蝌蚪磕头，草原狼列阵嚎叫，蝗虫为他戴上荆冠。别惹他，他走向落日，谁也别惹他，他是一名刀客，也是一名诗人。

　　只是美中不足，隐隐不安，这件生日礼物带来新的问题。原本用诗解决的复仇计划，如今被飞刀具象化了，失去了模糊感，空间感，失去了诗境。不得不思考，谁才是复仇的最佳武器？

查拉图斯特拉如屎说

　　房间里有两坨屎，一坨在厨房地板上，一坨，在卫生间洗脸池里。它们已经在那里多久了？天呐，空气里微小的屎的分子，你们多久了？可以想象，它们勤快、放肆、精力旺盛，它们把这里当做殖民地，它们爬上镜子、门把手、灯罩和挂钟，它们大摇大摆，在客厅茶几上品尝零食，伸进衣帽架上的大衣褶皱里，甚至钻进摊开的书本，在油墨字母里寻求慰藉，在小说、历史和哲学里，升华成自以为非屎的崇高分子。怎么能够忍受？

　　这是尼采的单身公寓，当他打开门就闻到了臭味，然后看到了那两坨屎。他立即逃到门口，打开房门要离开这是非之地。但是真的要逃走吗？他没有逃。

　　什么东西都别碰，不能碰，他能看见，也能听见，那些屎分子的喧嚣。什么都不能碰，他捂着耳朵，拒绝无处不在的陈词滥调，它们的语调充满嘲讽，其中甚至有某种道德劝诫：你应该承担起清扫的责任，你应该找一些炉灰，你不应该去谴责谁，你应该……就当什么都没发生过……

但是那是屎啊，尤其是洗脸池里的那坨，浑然有征服者的傲慢，黄的颜色，臭的气味追击尼采的脊梁骨，他节节败退，能从哪儿获得勇气去面对屎呢？需要勇气，这次，他不想就此承认失败，灰溜溜地认输，他还有抗争的打算。于是，他打电话回家给妈妈。他认定这件事情跟妈妈有关，除了他只有妈妈有房间钥匙。

妈妈接了电话，问：你晚上回不回家吃饭？

不回。

那么明天早上回不回来吃面？

呃，回吧。

你想吃面还是吃饺子？

随便。

明天早上晚一点回来，我想多睡一会儿，今晚我要去……

今天家里没来什么人吗？

没有，你想来什么人？

你下午去哪儿了？

我啊，我下午去市里逛超市，买了一把拖把，家里拖把头坏了，叫你修你又不修。

你真的买了？

买了，花了三十五块，正好做活动。

买了拖把然后呢？

然后去大桥底下采蕨菜，现在就剩那里有了。

然后呢？

然后，然后回家了，洗菜，拖地，淘米……

你没带人来我这儿？

去你那儿？去了你又不高兴，等有太阳的时候记得把被子拿出去晒晒，还有，天气预报说要变天，你要小心……

真没来？

我骗你还是妈妈嘛，明天回来看看我采的蕨菜……

算了，再说。

失败，什么都没问出来，甚至连屎字都没提一下。怎么提呢？那就打草惊蛇——我房间里有两坨屎，是不是你带人来拉的？妈妈听到这个一定要大惊小怪：你怎么这么说，如果是我，我还是你妈妈嘛……或者婉转一点——是不是和你一起来的人带了小朋友，憋不住了就拉在我洗脸池里？也不行，只要提到妈妈带人来，她一定会否认，她曾经承诺过不会带人来的。无从提起，但是尼采相信，跟妈妈脱不了干系。

外面在下雨，下午是阴天，后来渐渐下起小雨，现在雨势有大的倾向，在玻璃窗上敲敲打打。天气预报说晚上会下雪。下吧，下雪，好像雪可以冷却一切，包括情绪，包括猜忌，包括那些活蹦乱跳的屎分子。下吧，下雪，去年也是下雪的一天，尼采回到公寓发现橱柜的铰链坏了，零件堆在灶台一边。妈妈承认，是她在他出门时候，带了舅舅舅妈来参观，她只是想看看他的咖啡豆有没有吃完，可是一打开橱柜门，铰链就落下来坏了。妈妈常常带人来参观，这让尼采头疼。有时候是某个亲戚，有时候是买菜的菜友，有时候是散步的步友，有一次竟然带了个陌生人来，只是因为那人的胡子和尼采很像，妈妈很有亲切感。尼采曾隐约传递这一层意思：未经他许可请她不要带人来最好连她自己也不要来。妈妈说：要是你几天不在家，水电门窗总是要看看好的。后来尼采妥协了：如果你来可以但是不要带人来不要碰屋子里任何东西不要打扫不要开窗户不要叠被子尤其不要整理桌子。妈妈答应了，承诺，发誓。但是谁又能说，她就完放弃了呢？妈妈有她朴素的博弈论，是的，这次，房间里任何东西都没有动弹，她没有违反承诺。多了那两坨屎，并没有证据说是妈妈带人来的，她可以找到一堆不在场证明。

然而，小心，这两坨可疑的屎，尼采渐渐明白，并不那么简单。它们弥漫灰黄的迷雾，见缝插针，麻痹人的意识，不可掉以轻心，谁制造了这个困境已经并不重要，更重要的是：为什么是两坨屎？

完全可以想象，此刻，妈妈也许在饭桌前露出微笑，确切说是嘲笑，嘲笑她的儿子：瞧，这个人，看你怎么对付屎。妈妈是最知道儿子的，而儿子也渐渐洞察了妈妈的阴谋。对目前这两坨屎，尼采确实无能为力，无法独自面对。他是一个思想家哲学家，只能面对形而上之名，而屎这形而下之物，只能由形而下之人，比如，女人，来对付它们。这就是藏在屎里的妈妈的诡计，一定是的。

几年前，瓦格纳曾经要给尼采介绍个女朋友。尼采怎么可能需要介绍来的女朋友呢？瓦格纳夫人说，见见吧，见见也不会损失什么。于是尼采说：好吧。但是他当时爱的是莎乐美啊，他跟莎乐美说了这件事，莎乐美也说：去见见吧。于是尼采去了人生中第一次也是唯一一次的相亲。他很明白相亲事件中各个角色的分工，他、对方姑娘（他当然已经忘了那个女人的名字和长相）、对方介绍人（好像是位女伯爵）、瓦格纳和瓦格纳夫人，各尽其责。尼采从没想过自己会相亲，他跟莎乐美描述那场相亲——他觉得不可思议，他竟然接受了相亲的建议，是因为瓦格纳夫人和莎乐美的劝说？不，是因为他从没相过亲，于是他好奇了，于是，他当做是一次喜剧演出。终于他可以作为一位演员在舞台灯光下，不再是座位里评头论足的观众。他把酒神藏在嘴巴里，把爱神留在抽屉里。那晚，他喝了一些啤酒，把胡子湿润，让自己看起来比真实的尼采浅薄几分，性格比真实的尼采奔放许多，完全像个喜剧人物，在食物和桌椅的舞台里妙语连珠手舞足蹈，他能让所有人高兴，让每一杯酒都灿然生辉，他自己也不知道怎么做到的，他并没有醉，但思想和嘴巴都已经醉了，毫无疑问是酒神在帮忙。他放声大笑，在最高潮的部分以一首颂歌送给对方，他站起来朗诵了一首原先是送给莎乐美的情诗，像是当场向那个女人表达爱意，大家鼓掌，他则鞠躬谢幕，表演告一段落。他冷却下来，感到疲惫，还是当个观众吧。瓦格纳和瓦格纳夫人和那位女伯爵似模似样地商讨这场相亲后续很多年的事情，如同一切喜剧往后发展。而尼采陷在座椅里，观赏味同嚼蜡的喜剧情节。他精疲力尽，看着舞台上的他们，表演羞涩，表演高贵，表演侃侃而谈，表演道德高尚，表演人生真谛。他什么都不想评论，他对莎乐美说：我当时只是想着你。

不久以后，瓦格纳告诉尼采，相亲是尼采妈妈安排的，她知道如果是她让他去他一定不会去，于是委托给了瓦格纳夫人。是的，妈妈成功了，但也失败了。妈妈曾想过很多办法说服尼采结婚，并不成功，几乎让"婚姻"这个词成为他们之间的禁词。那次妈妈的曲线救国，无非只是让尼采亲身经历并验证了他的看法而已。人类对婚姻的热衷远远强烈于爱情，他们宁愿用外在的禁锢内在的。

尼采并非排斥婚姻，或许换一个词更准确：鄙视。排斥和鄙视可是两种不同的态度。你所排斥的，是跟你同等的，而你所鄙视的，则是位于你之下的。婚姻之于尼采，只能用鄙视一词，他始终高高在上地注视着，他是超人啊，不会像那些凡夫俗子那样沉迷于绚丽的昙花一现。正是因此，他曾经求过两次婚，如果是排斥，就不会求婚了。他的求婚可以理解为是一种尝试，是超人俯身寻求凡人的体验。超人是有爱情的，毫无疑问，如果他知道爱人需要婚姻，他并不吝啬去满足爱人的愿望。奇怪的是，那两次求婚都失败了，不可思议，他自己的解释是：恐怕他太过高高在上了，显出施舍的态度。

其中一次求婚对象是莎乐美，他爱她，毫无疑问，当时他爱她，纯纯粹粹地爱着她。但是莎乐美拒绝了，她说：我爱你的精神，但是无法跟你生活。这个拒绝让尼采松了一口气，没有减少他对莎乐美的爱，反而更上层楼。可是，直到有一天，莎乐美说要去跟某个人结婚，那就太让人失望了。人类的言行真是相隔十万八千里。

瞧吧，这更让婚姻沦为可怜兮兮的井底泥潭的苟延残喘的鼻涕虫，是人类文明的癌细胞。而且你瞧，那些身负顽疾的人们，可不太愿意独病其身，他们巴不得要把那些活蹦乱跳的人拉近他们的泥潭里，不过也不必谴责他们的动机，甚至说动机是"善"的，可往往善就是恶。他们可不觉得自己病入膏肓，他们有无知无畏的乐观主义，认定自己才是幸福快乐无比之人，自己才是绝对健康的，而那些健康的才是有毛病的，因此，他们是一片好心，施与同情，他们希望全世界每个人都跟他们一样，那样，世界会和平，尘埃将宁静，毫无痛苦，同病相怜，你我之间，只有生死距离，无高低贵贱。多美妙的镜花月，妈妈接受了，瓦格纳接受了，瓦格纳夫人接受了，可怜的莎乐美也接受了。而他们对尼采绝不死心，虎视眈眈。

他们的把戏层出不穷。那年头痛，尼采觉得快要死了，去看医生，爱德华医生说他是害了眼睛并且颈椎劳损。开出的治疗方案有二：一是停止读书和写作；二是找个女人结婚。

这第二点？是什么道理？尼采颇不明白其中因果。吞吞吐吐之下，爱德华医生才坦白，这第二点是瓦格纳事先私下跟他商量的结果。瓦格纳说尼采的头痛是由于过度手淫造成的，只有找个女人结婚才能根治。

这件事让尼采跟瓦格纳绝交了。而现在想来，瓦格纳背后恐怕还有妈妈的影子，他们是同一阵线的。跟瓦格纳绝交是迟早的事，他已经越来越平庸，面目可憎，成为一个真正让人厌恶的人。过度手淫？放屁！瓦格纳根本无从理解"过度"一词，他永远是中庸的，他的音乐他的演出越来越是一场悲剧，而瓦格纳自己则是悲剧中的木偶，是阻止悲剧升华的软蛋，他再也不去追求极限，当然不会"过度"，他已经忘记年轻时候的狂想，他惦记的是观众的掌声和赞美，并且死皮赖脸地认为那是检验美的唯一标准，为此，他可以站在天平的标尺红心处，去平衡自我和观众的质量，当然不会"过度"。

况且，况且，他明白什么是手淫？他明白手淫的妙处？他只是人云亦云地认为那是不合道德的罪过。他不理解手淫，因为他的体内被婚姻癌症侵袭。手淫，能把人的精神和肉体分开，纯净了人之真正为人，是手淫，让人在孤独和喧哗之间来去自如，不必执着于爱情，不必受人奴役，是手淫，让人站立宇宙中心，接近真理黑洞，远离凡尘俗肉，直抵至高玄秘，是手淫，让平庸之人升华为超人。瓦格纳被世俗的油纸包裹奄奄一息，僵死之人，自以为男女性爱是他的救赎之道，可谁知道那只是残喘麻药呢？

还有，还有，手淫绝对不会带来婴儿。妈妈曾经埋怨：你为什么这么阴郁？她不相信自己怎么生出个这么样一个儿子。她回忆尼采还是婴儿期的时候，几乎是完美的。为什么阴郁？尼采回答妈妈：因为我是你养大的。

他们虎视眈眈啊，要把尼采生吞活剥，他们用尽花招，无非是想把超人拉下凡尘。

尼采可以绝交瓦格纳，可以绝交莎乐美，但是总不能绝交妈妈吧。他站在门外，门还没有关上，有些气味已经窜进走廊。屎这一招真是绝了，就算尼采能认清这背后的阴谋，他还是想投降了，超人也有害怕的东西。超人的妈妈知道超人害怕什么。

他突然对婚姻有了新的看法，头一次产生了一种并非鄙视的敬畏，婚姻有了新的可能性。他需要一个敢于用扫帚、炉灰和拖把对付屎及一切形而下之物的女人，爱不爱并没关系。一切都在妈妈的掌握之中。听吧，看吧，外面已经下起了雪，雪花飘进走廊里，雪能掩盖一切，落在窗户上悄无声息，不过总归还是有那么丁点儿动静的。

将进酒

酒是好酒，酒名破空，破空虽然香，不过不要多喝，多喝了会醉，醉了会失言，失言后容易失身，失身就会摔倒，摔倒了容易破相甚至磕掉门牙，门牙不全，讲话就会漏风，于是，有些词，特别是那些 F 音的词就不方便用了，比如：春风、凤凰、浮云、清芬、飞去、纷纷、拂衣……

三月初在庐阳城，一个大风的日子，李白参加了一席婚宴。他不想参加婚宴，不过有很多诗友都去了，于是他也就去了，而且，他听说主人提供的酒是好酒。

婚宴的前半部分很冗长，主人家有一些仪式和讲话，不许客人喝酒，当然更不上菜，只有小碟子里的瓜子软糖，聊以嘴兴。一群诗人坐在一桌，等着开酒。李白的右边是杜甫，左边是王昌龄。孟浩然不得来了，他去年死了。张九龄也不得来，他去年也死了。李白为孟浩然感到难过。贺知章说，有什么好难过的，孟浩然活了五十二岁，跟太宗皇帝一样的命数，让人羡慕还来不及呢。李白豁然开朗，不难过了。

李白今年四十岁，王维也有四十了，王昌龄四十三，高适和崔颢三十七。贺知章最年长，八十二，张旭六十六，王之涣五十三，綦毋潜四十九。剩下的年轻人，杜甫二十九，张继、岑参和裴迪二十六。

十三位诗人围坐着，仪式在进行，他们很无聊，谁的肚子在叫，或是喉咙在叫。每张桌子上都摆了一坛酒。那就是破空酒。贺知章说，世界上最痛苦的事情莫过于此，让人围着好酒但是不能喝。张旭说，为什么不能喝？贺知章说，还没上菜呢。张旭说，为什么要等上菜？李白说，对，不要等了，我给你们上。

李白用两手虚空托着什么放在桌上。来，先上一盆鲸鱼汤，再来一扇大象里脊，聊以下酒。他拍开破空的盖子，给自己斟上酒，用筷子在空中夹了什么，丢在嘴里砸吧砸吧，又用勺子在空中舀了一勺什么，凑到嘴里稀里哗啦，然后端起酒杯干了。张旭和贺知章觉得这个主意真好，于是他们端上桃花臭鳜鱼、清真芙蓉糕、腊味烤鹧鸪、椒香凤凰爪、孜然鹦鹉翅、落日大圆子、黄鹤脖子、鸳鸯肺片、西施笋、曹操鸡、无为鸭……夹一根青青葵，蘸蘸沧溟水，洒几滴玉阶露，蟹螯是琼浆玉液，破空是蓬莱仙山，他们仨就这么喝将起来。其他人涎水四溢，纷纷效仿，各自斟上酒，叮当五四，就着想象中的下酒菜，开喝了。破空是好酒，张旭说，上次他喝破空，做了一个梦，梦到自己疯了，但是疯了以后写的字就跟神仙写的一样。贺知章说他有一次喝破空掉到井里睡了一宿。李白是第一次喝破空，好酒，好酒。喝上三杯，世界虚无了，喝上一坛，世界又回来了，但恐怕不是原来的世界了。

一坛酒很快喝光，不够喝，好在，很多客人更愿意喝葡萄酒或可乐，于是李白从别的桌上搜罗来好些坛破空，一坛一坛又一坛。等仪式结束，开始上菜，这一桌的诗人醉意已经六七八九分。新人来敬酒，有人提议这一桌诗人是否可以每人赋诗一首以贺新人。大家都说好，推举最长者贺知章开始，每人咏一物。

贺知章咏柳。

可爱的新娘，你是哪家的碧玉

可爱的新娘，你是早春的柳树

蕾丝在你大腿上蜿蜒弥漫

柳枝在你胸脯前风姿莺燕

不知今晚谁来裁你的细叶

哦，我知道了，我知道了

是这三月里的新郎官

他有一把大剪刀

张旭咏桃花。

雾天，大雾天，什么都看不见

新郎，痴新郎，迷路在水云间

我的新娘，你的桃花一直流水

我的新娘，你的洞口开在哪边？

裴迪咏桃花源。

爬一座曲线玲珑的山

探一幽深不可测的穴

新郎官，欢迎您来到桃花源

可不要学古时的武陵小伙子

在这里逛一圈吃个饭就走了

綦毋潜咏日月。

晚风吹拂小船，溪口开满黄花

这个夜晚去看看天上，你侬我侬日月星辰

用不同的姿势，从不同的角度

把屁股往后挪低一点，烟雾朦胧日月星辰

多浪漫的夜晚，好春光的天上

谁不愿做个钓鱼的老汉儿呢？

高适咏垂钓。

一湾幽潭，一位老汉，手持钓竿，毫不动弹

问他是谁，他不回答，一心一意，要钓大鱼

笋皮帽子，荷叶衣裳，一心一意，要钓大鱼

从早到黑，从黑到早，体力真好，毫不动弹

王维咏山。

我以为山里没人

可是我听到有人呻吟

我往里走，越走越深

我看见两个人在青苔上做爱

崔颢咏人体。

美人，脱光，黄鹤，飞走

裸体，白云，色空，悠悠

黑森林，茂密，风行荡漾

三角洲，湿润，涧户草长

太阳，落山，千古，绝唱

欢喜，忧愁，不能，欲罢

王之涣咏楼。

新郎，我给你名字

你叫白，你叫黄河

新娘，我给你名字

你叫依山尽，你叫海流

如果你们想要更长久的爱

请上二楼雅间

王昌龄咏楼兰。

她的眼眸，在青刘海下挑逗

她的孤城，在玉腿关后送情

任他黄沙万里，金甲坚挺

楼兰不破，他走不出今晚

张继咏时光。

月落和乌啼天亮了

谁的手表，滴滴答答

一夜不眠，滴答的春宵

姑姑和叔叔在洞房外

谁的手表，滴滴答答

听了一夜，滴答的青春

岑参咏菊。

没有酒，一朵菊花，今夜沙场不高兴

杜甫咏雨。

好雨知道什么时候来催动春情

好雨潜入今天的夜里滋润春心

欲望的火不会被它浇灭，会更狂野

狂野的路上，云嘿嘿，雨咻咻

早晨，那儿红红湿湿，花都给淋肿了

官人你是否还要？

李白咏酒。

天要是不爱酒，天上就没有酒星

地要是不爱酒，地上就没有酒泉

天地都爱酒，爱上酒就不用做爱

喝三杯畅游阴道，喝一坛自慰交欢

喝醉了，没有天，没有地

喝醉了，没有新郎，没有新娘

喝醉了，你的身体不是你的

喝醉了，孤独的枕头照顾你

新郎新娘，你们昏了头

你们需要的是酒，不是婚姻

喝酒，能一个人喝别两个人喝

可以邀请月亮或是影子

一旦你们尝到酒的爱情

就会忘了婚姻生活

新郎，新娘，明天我陪你们去离婚

然后我请你们喝酒，喝掉所有忧愁

醉了，醉了，李白醉得太离谱了，胡说八道。新郎新娘很尴尬，他们的父母很气恼，拂袖而去。当然，反正李白也不知道，他的意识已经不是自己的，身体也不是自己的。他一个人走出礼堂，大概是想找厕所，他来到花坛前，脚步也不属于自己了，于是摔倒了，脸磕在花坛沿上，晕了过去。直到婚宴结束，杜甫和岑参发现李白趴在花坛边，像是死了。李白没死，他的脸从额头到鼻子到嘴唇磕了几处伤口，还在流血，反正李白也不知道，他睡着了，呼哧呼哧地。杜甫发现李白的门牙磕掉半颗。这下坏了，杜甫对岑参说，没有了门牙，讲话就会漏风，不能发F音，所以李白恐怕不好用F音的词了。而通常那些词都很轻灵，所以，以后李白的诗会变得沉重。

复活

半阴半晴的早上，火车到达维也纳。

维也纳是一朵曼陀罗，早上半梦半醒，刚下车的乘客们失魂落魄。荣格走出站口，耳朵里满是一夜的空空、空空、空空，他在犹豫，是要去曼陀罗街，还是立即去见弗洛伊德。他这次来维也纳是要出席今晚的精神分析学大会，他和弗洛伊德会联手做一次报告。他正犹豫着，是去曼陀罗？还是弗洛伊德？街对面有一位黑衣女人，她撩开面纱往这边望，他们互相注目，似曾相识。

是他的女病人？不，维也纳没有他的女病人。是一位贵妇人？不，她太过幽怨了脸上尽是生活痕迹。那么，是流莺？在曼陀罗街上他们曾经幽会过？突然这成为最大的可能，于是也变成一个信号，他全身拉开成一张弓，箭在弦上，他朝女人挥手致意，示意自己马上过去。而黑衣女人看他走过去，转头走了。

女人啊女人，真是宝贝，维也纳的女人，胜过维也纳的音乐和精神分析术，如果这个世界上没有维也纳的女人，宇宙也残缺不全。这个女人让维也纳的早晨模糊起来，往这边是去弗洛伊德家，往那边是女人离开的方向。荣格不犹豫了，他整理了衣领，抹顺头发，跨过马路，跟随过去。他没有叫她停住，不需要，只要这么跟着，情趣就会绵延跌宕，亦步亦趋，她快，他就快，她慢，他就慢。

他用目光摘掉她的帽子和面纱，解开她的裙带，然后是胸衣、吊袜带和内裤，女人赤裸裸地走在他前面，在维也纳的大街上，踮着脚，腰间的褶皱随着步伐忽闪忽现，臀部宽大而让人感到空旷，两腿之间露出的一丝如同月光，她走路有些内八字，左膝盖偶尔会碰到右膝盖，一步一步像是叹气，他让一条黑丝巾留在她的脖子上，两扇肩胛骨构成的真空地带隐隐勃发，肩膀则耸立在两旁成为山峰，云雾盘绕，麻雀飞往那里寻巢。女人啊女人，荣格热爱女人，热爱维也纳的女人，在别处他热爱女人的歇斯底里，在维也纳，他更热爱女人的身体。那些乳沟两边灿烂的绒毛，那些腹股沟之间沉积的生机，股沟幽暗处发射的神秘信号，每一轮指头的漩涡，每一粒乳沟的膨胀，每一片阴唇的喃语。荣格的裤裆绷得铁紧铁紧。

一只猫蹲在帽子店的橱窗檐上，它的目光和荣格一个模样，它盯着树枝上的麻雀，麻雀唧唧叫，从一根树枝跳到另一根树枝，或者回头清理羽毛。猫看了荣格一眼，荣格也正在看它，心有灵犀，甚至是同病相怜。猫抖擞精神，发射出去，飞在空中，手脚张开了，像是就要达成目的。但是这段距离还是计算误差，猫没有飞到树枝，在半路就跌落下去，落在街道上。它拱着背，喵进了帽子店里。荣格说，没关系，没关系。麻雀在树上毫不知情。人行道比云雾还要松软，若有若无地走在上面，就像是走在七八丈高的空中。一个报童牵住荣格的衣角，他是个哑巴，咿咿呀呀是让他买一份早报。荣格不打算买报纸，可是报童并不放弃，从帽子店一路拉扯到蜡烛店，报童的目光清澈，嘴边已经过早出现法令纹，让他看起来既单纯又睿智。他把报纸凑到荣格的眼底下。咦，报纸上登了今晚精神分析大会的报道，其中有弗洛伊德和荣格的名字。他掏出硬币打发走了报童，但是他并不想站在路中央读报纸。他把报纸夹在腋下，抬头打算赶上那个女人。就在他被耽搁的工夫，那个女人并没有走远，她停在广告牌底下准备要过马路了，正朝这边望着呢。他小跑几步赶上去，女人看他跟上来，她才继续走。他们前后过了马路，经过废巷，翻过石桥，这时候荣格发现，其实是，他快她也快，他慢她也慢。

女人最终在一座公寓门前停下来，回头等荣格走近一些，推门进去了。这不是曼陀罗街，荣格跟进去。女人在楼梯上盘旋上到三楼，停住，然后开门，然后门没有关。荣格上到三楼，果然有一扇门虚掩的。他走进去。

有人在吗？荣格放声问。

屋子里空空荡荡，墙上挂了两幅油画，两幅肖像画，一幅是位中年男子，颇有威仪，颇有风度，另一幅是位年轻女人，显然这就是刚才那位黑衣女人，只是更年轻些，更冷漠些。

你找谁？从里间走出一位老妇人。荣格指着油画里的女人，找她。

那是安娜已经去世的母亲，老妇人说，你大概是想找安娜吧？

是的，我应该找的是安娜。

老妇人哭起来，从怀里掏出手帕，捂着嘴巴情绪稳定后她说安娜已经死了。

那么刚刚……荣格正在疑惑，老妇人拉着他，一边哭一边领他走进里间卧室。在床上躺着的，分明就是刚才那个黑衣女人，此时，她的帽子和面纱已经摘了，但衣服还是刚才那件黑色裙子。老妇人拉开窗帘，荣格看得更清楚，就是刚才那个女人，鼻子和眼睛，嘴巴和眉毛，幽怨和细纹。这就是安娜，她死了，真是死了，脸色蜡白的，毫无生气。

为什么死了？

昨天夜里，老妇人说，安娜用剪刀剪破自己的喉咙，自杀了。

为什么自杀？

谁知道呢？

发生什么事情了呢？

唉，谁知道，也好，但是怎么能自杀呢，她有病。

荣格突然想起这个女人是谁了。卧室的墙上，地板上，到处是画，画的都是类似的东西，像是……剪刀。一年前，弗洛伊德给他介绍过一个案例，一个患有歇斯底里症的女人，看见剪刀就会发作。荣格见过患者的照片，就是这个女人。那些画有用铅笔画的，有用水彩和蜡笔画的，有些很清楚是剪刀，有些则不太像，更像阴茎。根据弗洛伊德的分析，他说，该患者的病因应当追溯到童年时期目睹父母性行为之后的意识迁移。有一天早晨，年幼的患者走进父母卧室，父母正赤身裸体在性交，患者站在旁边看了好久，直到父亲发现她，她说她来找剪刀，在床头柜上当时正有一把剪刀，患者拿过剪刀离开了，患者后来回忆，她不记得当时拿剪刀干什么，她只记得那边剪刀在床头柜上，她拿走了。在她结婚前她并不害怕剪刀，直到新婚当夜，她拿着剪刀把光着身子的丈夫追出门外，从那以后，每当看见剪刀，她就会歇斯底里发作。弗洛伊德的治疗方案是让患者每天画一幅剪刀，以此来重塑患者的意识符号。弗洛伊德认为这个方案有效，因为不久，他说患者的歇斯底里症状消失了。

然而现在，安娜死了。她的脖子用黑丝巾绑住，安安静静躺在被窝里，死了。老妇人是她的姑姑，自安娜婚姻失败后，就是她俩住在这间公寓里。老妇人哭歇了后，委托荣格照看一下安娜，她要去处理事情。荣格应承下来。他拖来椅子，坐在床前，端详这具蜡白的安娜，心里却还是刚才街头一路婀娜。

接着，安娜睁开眼睛，真的，她睁开眼睛，跟荣格四目相对，她活过来了，脸上恢复了一些血色，眼神重新有了早晨的顾盼。荣格却说不出话来，好像一开口就会让安娜再次死掉。到底是安娜先开口：你来了。荣格无法回答。安娜问：我死了吗？我是怎么死的？他们说我是自杀，我不是自杀。她请荣格把床头柜上的镜子递给她，她对着镜子，解开脖子上的黑丝巾，里面是红艳艳的伤口。她感到很不满意：真难看。又说：但是很舒服，真是很舒服呢，很多年没这么舒服了。她把镜子递回给荣格，两人继续四目相对。

你死了，荣格说，你已经死了。

他们说我是自杀，不让我去天堂。

你用剪刀剪破了喉咙，是自杀。

我不是自杀，安娜说，因为她从来没想过要自杀，自杀是罪，自杀的人不得上天堂，她不会自杀，但是别人都说她是自杀，因此，她请来荣格为他证明她不是自杀，她相信荣格一定能为她证明。荣格这才明白了为什么安娜要引他来这里，略有失望，但是很快进入职业思维，找到一种合理解释——安娜确实不是自杀，她是因为极深的性压抑，无法进行正常的性交，排斥性器官，只能用剪刀代替男性性器官，用喉咙代替女性性器官……天呐，安娜尖叫起来，像是又发作了，捂住了耳朵。

确实不是一次自杀，荣格说。

我宁愿下地狱。

你可以上天堂的。

你怎么能如此冷漠地使用那些词语！

哪些词语？性？剪刀？喉咙？

闭嘴，不要说了，我们地狱里见。

好吧，荣格无话可说，向后靠去。他知道，通常人不会立刻接受这种赤裸裸的说法，平时他也不会这么说，但是今天他就是要这么说，或者是因为他心底的失望，或者，是因为安娜已经死了。他从地上拾起一张画，画里是剪刀还是阴茎，视乎你怎么看了。

这是弗洛伊德让你画的吧？

……

画的是什么？剪刀？荣格把画纸旋转了一些角度，让安娜再看：这是什么？这难道不是一根鸡巴吗？荣格哈哈笑起来，很开心。说鸡巴比说阴茎要开心几万倍。安娜一手捂着眼睛，一手捂着耳朵，但是她只有两只手。

为什么性会成为禁忌呢？为什么有人会害怕性呢？为什么有人会讨厌性呢？人会讨厌吃饭睡觉吗？不会啊。荣格凑近了，在安娜耳边说着……人总是要吃饭睡觉的，性跟吃饭睡觉是一样的道理，饿了困了就要吃喝，人要吃要喝是要养分代谢，人要做爱是性激素分泌排泄，但是人不光是活着，还要快活，要口欲，因此也要性欲。性，多么美好的词，性交，多么快活的发音，做爱，多么浓郁的味道，为了身体健康，也为了心理健康，请你大胆做爱，请你挪开手，听听我给你说的词语吧，鸡巴，逼，逼，鸡巴，看我的嘴巴，安娜，安娜，拿开手，看看我，听听我，你太不坦诚了，做爱是两个人可以坦诚相见的时刻，两个陌生人，比如我和你，平常我们在面具下生活，只能在做爱时刻才能显露出各自最原始的表情，最粗放的言辞，最腥臊的体味，统统这个时刻，而这个时刻是多久，一顿饭工夫，可是你不知道，做爱是人生第一等大事，甚至可以说，超过吃饭睡觉，因为人一辈子的所有行为，都是性这个东西驱使的，你在大街上散步，你和别人谈心，你去看一本书，你画一幅画，都是性这个东西支配你，你喜欢也是它支配你，你不喜欢也是它支配你，如果没有性，人就是行尸走肉，是饭桶，是一台消化机器，就是因为性的觉醒，才让人类区别于低等生物而成为高等生物……安娜，安娜，荣格在安娜耳边喘着气……你睁开眼睛，坦然接受吧，你不是自杀，性欲在你的阴道里被压抑得天长地久，你需要的不是剪刀，而是一根真正的鸡巴，你睁开眼睛吧，看看我吧……安娜睁开眼睛，她看到荣格已经解开的裤子，那儿横着一根真正的阴茎。她感到很平静。

真像把剪刀，安娜说。

你害怕吗？

我害怕吗？

你喜欢吗？

我喜欢吗？你知道弗洛伊德先生有个女儿也叫安娜吗？

有一次，安娜说，弗洛伊德先生让我摸他的下巴，他说他的女儿小时候常常摸他的下巴。

弗洛伊德以他的下巴为傲，荣格知道，弗洛伊德喜欢炫耀他的下巴，那是一条方方正正的下巴，嚼起雪茄来横竖有力，下巴上长了浓密的络腮胡子，他总是喜欢炫耀他女儿安娜小时候如何如何喜欢依偎在他的下巴下。荣格的下巴瘦瘦尖尖的，只能长出山羊胡子，长不出络腮胡子。真是让人沮丧啊。荣格把垂软下来的阴茎收回裤裆。

我先去找了弗洛伊德先生，安娜说，希望他来给我证明我不是自杀。

他也会这么解释的，性是一切。

恐怕是的，只不过……他不会像你这样。

是的，他不会。

可是他根本看不见我。

看不见？

是啊，我已经死了啊。

我看见你了！

我看见你看见我了。

我为什么能看见你？

安娜闭上眼睛，躺回被窝里。外面楼梯上一阵吵闹。安娜的姑姑正指挥四名工人，把棺材抬上楼，抬进房间里。姑姑指挥工人把安娜从床上搬出来，放进棺材里。她为安娜梳理好头发，整理了裙子，让安娜双手叉在胸前，手里放了一株芍药花。安娜平静地被摆弄，荣格本来想告诉他们，安娜不是自杀的，但是他能想到的仍然是弗洛伊德式的解释，那么，他不想这么解释了，不想用那些精神分析术语了，可是除此之外，他想不出其他的解释，所以，什么也别说了。对不起，安娜，我无法为你证明。其实，他想，他更愿意在地狱里重逢安娜呢。

荣格走出安娜家，天上仍然是半阴半晴，已经是午后。他决定先去曼陀罗街上走一遭，松一松一上午的欲望，然后，然后，他决定了，去火车站，买一张车票，回家。

石头记

太阳快落山了。快落山吧，太阳，别磨磨唧唧像个娘们儿。贾宝玉站在桥上，趴在栏杆上，无聊着，一口一口往河里吐唾沫。他这一天啊，很不痛快，眉头遇到了屎壳郎，到现在还推不开。他一边吐唾沫一边骂：喏，别惹老子发火，老子发起火来就连太阳也要躲三躲，老子不发火，一发火老子一石头开花骨朵儿……今儿早上，一早，刚起床，宝玉打算找宝钗亲热亲热，宝钗不干，嫌他嘴巴臭。这不是第一次了，宝钗从来不会痛痛快快乐乐呵呵的，说，哎呀，好耶，来吧，摸我吧，操我吧……她就是一个冰窟窿，不是身子不舒服，就是那里不干净，不是天气太热，就是天气太冷，仗着自己有个桃花洞，尽摆桃花谱。就算太阳下山，他都不想回家，回家干什么呢？一个冰窟窿。

宝玉正吐着唾沫，身后有人唱了一声：阿弥陀佛。

来人是个和尚，手里端了只木钵，这是向他化斋呢。和尚看宝玉转过头，又唱了一声：阿弥陀佛。这和尚唱得不对，这里的"阿"应当念 e 不念 a。你这秃驴怕不是假的吧，宝玉骂道，阿弥陀佛都念不对就上桥来丢人化缘。和尚说，心里有佛怎么念都对。宝玉没吃的化给和尚，和尚说略施善财也可以。好吧，宝玉说，活该你了。他从桥面上抠下一块石头，石头的一面光滑可鉴，另一面沾着土和青苔。喏，这是一万块钱，拿走。和尚生气了，这不是戏弄出家人嘛。出家人？宝玉骂道，我操你奶娘家的出家人，你要是心里有佛，石头就是真钱。和尚看宝玉面相凶恶，转身想走，却给揪住了衣领。宝玉把石头凑到和尚鼻子底下，要不要？和尚不要。真不要？不要。于是，呼啦啦，石头敲在和尚的光头上。顿时红红绿绿，红的是血，绿的是青苔。看见有人打架，看客们围上桥。和尚死在地上，血一开始流得欢，后来收住了，凝成红不红绿不绿的土色。宝玉吆喝大家来看和尚脑袋瓜子里面究竟有没有如来佛祖，看客们虽然有打抱不平的心，但是看宝玉一身混世魔王的气派，再加上手里拎着石头，哪敢多嘴。这时，从人群里出来个人，肩上挑着卖柿子的担子，原来是薛蟠。他本来在底下街上卖柿子，也过来瞧热闹。看到原来是宝玉在闹事，就责怪宝玉不该打出家人。他搀起和尚，把他掐醒了，和尚哎哟哎哟叫疼，薛蟠替宝玉向和尚赔了礼道了歉。看客们胆子大起来，有的说赶快送医，有的说要拉去见官，和尚哼哼唧唧，硬要去见官。宝玉拎着石头混不在乎，薛蟠说算了算了，一个和尚挑水喝两个和尚抬水喝，出家人不见外家里人。他撕下衣襟给和尚裹了头，又从担子里拣出三个柿子放在和尚钵里，算是平息了和尚的怨气。和尚捧了柿子走了，看客们没热闹看，也散了。桥上只剩下贾宝玉和薛蟠。

真开心，贾宝玉终于泄掉一天的火气，开心。他说，舅子，我喜欢你以前一句诗：女儿乐，一根鸡巴往里面戳。好，顶好，比李白和陶渊明都好。只是不对。有些女的，比如宝钗，就不乐。薛蟠说，女儿乐不乐，要看是什么鸡巴，看怎么戳。他又说，况且，诗有什么对不对的？高兴了就对，不高兴就不对。那天他们高兴，乘兴而作，随性而发，不作矫饰，就是对的。他又说，他现在已经不作这种低俗的诗了，他指着远处落日，渡头余落日，又指着桥下房子，墟里上孤烟。他现在好这类诗。贾宝玉说对，高兴了就对。他现在很高兴，真来了诗兴，想到一句：男儿乐，石头红了和尚头。

金瓶梅

那儿有一间水果铺子，门口摆着葡萄在卖，葡萄是紫的，葡萄后面是老板娘，她穿着紫色的围裙，她唱着价格，叫卖声也是紫色的，她有时候称重有时候收钱找零，举手投足都是紫色的。天呐，我爱死紫颜色了，紫色是维纳斯的嘴唇色，是伊甸园蛇果堕落前的成熟色，我爱死紫颜色了。不过，我究竟爱的是颜色？还是葡萄？还是老板娘呢？我十分乐意把最终幻想寄托在她的眉间，我的紫霞仙子。

我爱她什么呢？我不由要扪心自问，是爱她的肉体，还是灵魂？恐怕不是这么简单，我的情感远远超越了肉体和灵魂。我爱所有的，在这个四维空间里正在跟她产生千丝万缕关系的所有，一切。那些苹果、桃子、葡萄、火龙果、香蕉，还有从遮阳棚上荡落下来的风草，那些飘忽不定的果香，讨价还价的顾客，你侬我侬的纸钞硬币，她的童年，她的老年，她的睡眠，她的礼拜天，甚至是她的家庭，她的痛苦和欲望，所有的一切，指向她的，我都爱，都是美的，所以我爱。所谓美，就是此时此刻，能让我心坎间脉冲出一股高峰的力量。好的，我可不在乎连绵不断，我更在乎那高，那耸，那突然的脉动。她把我抛在云里雾里，我站在南天门，能看到人间，地球是一颗紫葡萄，她是葡萄的女主人，同时，此时此刻，也就成了我的主人。我该采取什么行动吗？她的叫卖声把我切成羞涩的咕咾肉，此时此刻，我不是西门大官人，我是西门痴情儿，我是西门踟蹰汉。

饶阳维多利亚，八块八一斤，清河金瓶梅，五块二一斤，砀山中油，三块五，清苑大赛草莓，两块六，大荔金太阳，两块二，费县白雪，一块九，寒亭红玉，一块二，东台麒麟，一块五，崇左黑美人，八成熟，八毛，临猗红富士，一块五一斤，隆林西贡，五块六毛九一斤。

她叫潘金莲。古书记载，金莲生长于东海蓬莱，王母瑶池里也有几支。好名字，美妙的名字。只要听到这个名字，我就飘飘欲仙，能长生不老了。更何况，有时候，她还用她熟透了的目光捕获我，有时候她还用沙哑但是勾魂的声音招呼我：来买点葡萄啊。还要什么长生不老啊！站在她的面前，就是仙境。我知道。当然，我也知道，她有个丈夫。可是，哪又怎样，他有丈夫，但是我爱她，那又怎样？

　　爱让人胆怯，我至今不敢向她说除了水果之外的任何词语。我曾经向隔壁理发店的女人打听她的情报。那个理发店女人长得像只长颈鹿，阴郁的嘴巴，耷拉的眼睛，好像知道所有关于潘金莲的事情。名字、年纪、婚姻状况、她的老公、老公的喜好，以及夫妻关系等等等等。那天我问了许多，她从镜子里打量我，在一番回答之后，她没忘了补充一句：很多人打那个骚货的主意。我胆战心惊，头皮像是月球，我想她是把我当做是"那些人"中的一个了吧，但是我能有什么辩解呢？我能用任何词语来形容我跟"那些人"的不同吗？能有任何修辞表达纯洁吗？无能为力。于是我不再问问题，而且发誓，不会再到她家理发了。而现在，那个女人，理发店女人，就站在她家招牌下面，用长颈鹿的眼神窥视我，我惴惴不安，越来越觉得自己成为她口中"那些人"中间的一个。她的儿子在飞纸飞机，飞到我的脚边，她儿子让我帮他飞回去。理发店女人像是来到世界大战，凶神恶煞一样朝儿子吼着：快给我滚回来。

　　我松了一口气，不想让理发店女人的阴郁传染到我的头发。

我重新看向潘金莲，而就在此时，她也正看我，并且在葡萄后面微笑，像是邀请，像是心有灵犀，像是我们的潘多拉。她的眼睫毛轻轻开合，腐烂了我的胆怯，解除了我的罪恶，免疫了我的道德。紫气来自蓬莱，蓬莱宫里住了李隆基和杨玉环。此时此刻，她不是潘金莲，我不是西门大官人。我是李隆基，她是杨玉环。

我走上前挑选水果。我拿起一串葡萄掂量，她说，饶阳维多利亚特价八块八。哦，这个名字没有挑起我的欲望，我放下葡萄，又拿起一只苹果，紧紧握在手里，好像是她的身体。苹果带有诱惑性地反抗让爱意四溢，我把苹果放在鼻子底下，使劲闻，使劲嗅，使劲吸气，呼气，再吸气。她说，临猗红富士，又脆又甜。但是我只是使劲闻，使劲嗅。她又递给我一个桃子，说：清河金瓶梅，我最爱吃了。我接过桃子，桃子比苹果要柔软。柔软有柔软的美，坚挺有坚挺的美，我都能领略到，放在两只手里掂量，毫无秩序，混沌一片。我不由自主把桃子凑到嘴里并咬下去，桃汁泛滥了，粉红地顺着我的手指流下去。此刻我如此近距离地观察她，迷恋她，她不置可否地看我吃桃子，只是说：最好洗一洗再吃。我哪里顾得了那些，我嚼着桃子，陶醉于果肉和她灼热的词语，深陷在舌头、牙齿、唾液搅拌的幻想里。我吞下桃子，手指黏糊糊的。

她问，要吗？我说，要。

几个？四个。

她扯开塑料袋，挑了四个桃子，每放一个还抬头看看我，我真宁愿她一直这么挑下去，但是我只要了四个，只要了四个啊。称完重，五块一。给五块钱，她说。我掏出一张五块钱，接过桃子时顺势捏住她的手指。我对她说：我爱你。

北回归线

　　索菲亚有两个弟弟一个妹妹，弟弟安德烈和皮埃尔不喜欢托尔斯泰，而唯一的妹妹，塔，却像是向日葵，把托尔斯泰当做是她的太阳。托尔斯泰不喜欢太阳，太阳不如月亮的安静和神秘，不如月亮的柔弱和真实。人呐，崇拜的是太阳，爱的却是月亮。他不能阻止塔对他的崇拜，更不能阻止塔住在他家里。

　　塔放假了，来信说要住在他们家里。索菲亚同意了，但不凑巧（或正凑巧）的是，她已经安排好带女儿去海边度假，如此，只得是托尔斯泰单独接待塔。索菲亚和女儿刚刚离开一天，他已经开始想她们，好像她们走了大半辈子。

　　托尔斯泰把塔接回家后，安排她住在女儿的房间，给她准备了毛巾、牙刷和拖鞋，让她先休息，休息好了吃晚餐。趁天还没黑，他回到书房里准备看看书。手里捧着书，脑子里在想念索菲亚。

如果索菲亚在家，她一定可以把塔照顾得更好，她们总有很多私房话可以讲。有时候他宁愿是安德烈或皮埃尔来家里住，既然他们不喜欢自己，也就根本没必要跟他们说话。有一次他听到皮埃尔跟索菲亚的谈话，皮埃尔称呼托尔斯泰为"绿毛土豆"。很好，后来他把这个比喻用在一篇小说里。而塔呢，没法漠视她的热情。一路上，她总是揽着他的胳膊，甚至像女儿那样跳到他的背上。谈点什么呢？除了学校见闻、天气变化、亚历山大的牙齿，话题很快就耗尽了。塔得知她姐姐不在家时，倒是十分高兴。托尔斯泰表现得像个父亲接女儿回家，尽量表现得像个太阳，甚至想伸手抚摸塔的头发（他缩回手，少惹麻烦）。他想念索菲亚。

如果索菲亚在家，他不用接塔，可以一句话不说，可以不用出书房，不用发光。现在，他感到疲倦。光线已经很弱，书在手里很久了，他才发觉自己都不知道是本什么书，小说还是哲学书？他翻过来看看封面，哦，是小说。可是小说的语言飘忽不定，更像在叙述一个哲学观点，在制造一个哲学悖论，让人云里雾里，不知时间，不知哪里。他的视线徒然跟随字母的轮廓起伏，单词一个接一个探头探脑，像蚂蚁行军，路线迂回不堪，逗号刚刚提示拐弯，一个句号立即示意停止，感叹号竖起一堵墙，问号让他觉得自己吊在鱼钩上。

塔在女儿房间里唱歌，她哼得是什么调子啊，像是酸透了的红酒。听，她脱掉了高跟鞋，大概是换上那双黑色绒面拖鞋，在地板上沙沙私语，她打开箱子，刷衣服，打开柜子，挂衣服，关上柜子，坐到床上，拖椅子，桌子，还有……她在拖床。塔难道是打算重新布局房间？打算成为他另一个女儿？曲调突然变了，从轻浮递进成柔情。塔走出女儿房间，走进卫生间。她关上门，歌声稍稍沉闷了一些，而很快被一声巨响打断了，塔发出尖叫。那是马桶坐垫吓到她了。哈哈。索菲亚打过招呼，说是不是雨季要来，马桶坐垫的螺丝好像松了，以前坐垫是慢慢落下来的，现在总是突然就掉下来砸在马桶沿上，吓死人。索菲亚想找到螺丝孔却没找到，于是打算用布料卡在接缝处增加摩擦力。可听起来，要不索菲亚没采取措施，要不就是措施无效。托尔斯泰并不操心这个，他改变了自己，在拉下坐垫时，顺手在下面接住，轻轻放下来。这声巨响让卫生间里安静一阵子，接着是连续的带有哨音的出水声，打在马桶搪瓷内壁并在那里形成共鸣，带有金属音质，粗细不定，快慢不匀，最终稀稀落落，沉入空明。之后，塔又唱起来，恢复了欢快天真，可以想象，塔大概一边唱一边舞一边照镜子。塔拧开水龙头接水，刷牙，刷牙时也哼哼，唱得含糊，吐掉泡沫之后，歌词清晰了：森林里，我是一只兔子，我是一只兔子，在森林里……塔开始放洗澡水，同时她也许已经脱掉了衣服，正对着镜子自我欣赏，因此，在很长一段时间里，只有淑淑的放水声。期间塔叹了一口气（也许并不是塔的叹息，而是托尔斯泰自己的叹息）。塔钻进水里，撩着水，浴缸、水雾和镜子所构成的空间放大了歌声的忧郁：

夜晚的娜塔莎，数着星星睡不着，她的心上人啊，究竟住在哪一颗？

夜晚的娜塔莎，她的黄金好头发，她的心上人啊，你可愿意来抚摸？

夜晚的娜塔莎，不愿心里想着他，她的心上人啊，快快离开快离开。

夜晚的娜塔莎，为什么那么悲伤，她的心上人啊，不说一句就离开。

唱了两遍后，塔不唱了，剩下水声玲珑和一大团静默。托尔斯泰屏住呼吸，等着，但什么声音也没有了，整个家里都安静下来。不知多久以后，塔从水里出来，擦身体，放水，穿衣服，开门。

塔往书房这边走过来了。托尔斯泰想继续看书，已经没有光，于是他索性闭上眼睛，把书摊在胸口。塔推开书房门，门是虚掩着的，她在墙上摸索开关打开灯。

姐夫，塔轻轻叫他。托尔斯泰伸了个懒腰，用手挡住灯光。

姐夫，塔问，你为什么不开灯？

我睡着了，看书看睡着了。

你在看什么书？

一本小说。

好看吗？

不好看。

晚上吃什么？

我做给你吃。

平时都是你做给姐姐吃吗？

不，平时你姐姐做给我吃。

那为什么今天你做？

你姐姐说你不会做，让我做给你吃。

她说我不会做？

她说你不会做。

我会做。

你会做吗？

我会做。

你会做什么？

晚上我做给你吃就是了。

好，你做给我吃。

塔穿了她姐姐的丝绸睡衣，胸口上绣了一朵芙蓉花。睡衣对塔而言有些大，松松地从肩膀上垂下去，拉开了领口，下摆下面，是两条健壮年轻的腿。托尔斯泰说，要是给你姐姐知道你穿她的衣服，她会骂我们的。塔说，那我不穿就是。她脱了睡衣，扔在地上。她里面什么都没有，空空的裸体。地毯发出噼里啪啦的静电。这具裸体跟索菲亚十几年前的裸体十分相似，跟现在索菲亚的裸体完全不同。塔的乳房正处于秋收季节，充实而且忙碌，站着不动，那对乳房却在呼吸，放射出金黄的稻花香气，塔的腰上也有赘肉，不过那里的褶皱更像是绿洲山谷，而不是戈壁沙丘，塔的阴毛不浓，依稀透露出毛底阴阜，塔的肚脐眼是一颗黑星，远不可测，很容易迷失其中。托尔斯泰愣住了，迷住了，他在想什么？他自己也不知道，他觉得自己应该在想索菲亚。而塔已经走过来，搂住他的头，让他的脸贴在她的肚皮上，那里好像是太阳烧焦了大地，嘶嘶的青烟声。塔摘掉托尔斯泰手上的小说，引导那只手放在她的乳房上，他感觉到乳房的反作用力，那是久违的弹力，一触即发，得心应手，他不停地搓揉，揉搓，乐此不疲。他们躺到地上，亲吻，抚摸。塔帮托尔斯泰解开皮带，掏出阴茎玩弄。雨季来临，万物生长，阳春德泽。托尔斯泰感到一切就绪，然而塔却离开了他的嘴唇，说，姐夫，完事了你得给我钱。

什么？

你得给我钱。

多少钱？

你看着给咯。

为什么？

因为你是我的太阳。

我不是你的太阳。

因为我爱你。

不可能，托尔斯泰坐起来，他从不会为这事儿付钱。好吧，塔站起来离开了书房。不可能，托尔斯泰说。

托尔斯泰开始准备晚餐。索菲亚走的时候留下了胡萝卜、土豆、牛肉，托尔斯泰思考索菲亚会怎么做，或者塔想吃什么。

毫无头绪。后来他领悟到做饭跟写小说是一样的道理，这些食材就跟词语一样，只需要搭配或者采取某种修辞（甚至不需要修辞），就能成为美味，遵循传统并且创造。于是，他逐渐形成晚餐的构思，他去外面菜园里摘了西红柿、红菜和圆白菜。他把牛肉切成粒儿，用白水煮，土豆削皮，切块扔进锅里，圆白菜切成墩儿也扔进锅里，让它们煮着。另一个锅里，胡萝卜丝儿和红菜丝儿，西红柿碎泥，让它们炖着。他在一个抽屉里找到了牛奶，鸡蛋和鱼子酱，于是有了主食的构思——把牛奶温好，鸡蛋打散出泡，加入葵花油、牛奶和面粉搅拌，下锅油煎。

牛肉汤火候刚好，倒入红汤汁继续让他们大火融洽，面饼开始金黄了。没有糖和红酒，但是可以搭配鱼子酱，鱼子酱总是最正确的。

布林饼和红菜汤，这就是他和塔的晚餐，晚上他们吃传统但具有托尔斯泰风格的布林饼和红菜汤。他把桌椅餐具摆好，然后去敲女儿房门。塔，出来晚餐。

箜篌引

天上风平浪静，湖面波澜不惊。

西湖，断桥，雷峰塔，乌云，柳树，牡丹亭。

许仙坐在断桥上，那边，湖边柳树下有人在做爱，这边，亭子里有人在唱戏——

海天悠，问冰蟾何处涌。公无渡河，玉杵秋空，凭谁窃药把嫦娥奉。甚西风，公竟渡河，吹梦无踪。渡河而死，人去难逢，须不是神挑鬼弄。其奈公何，在眉峰，心坎里别是一般疼痛。

这戏词唱得人啊，真是疼痛，个个似针尖，在人心里七戳八刺。疼痛，对许仙来说是个不好不坏的感觉，只能证明生命在他的肉体里依然存在。不过很快就不存在了，死人那知道疼呢？没错，他来断桥不是为别的，他打算在这里自杀，投湖，投西湖，投他所爱的，充满回忆的西湖。

他爱西湖，从小就爱，长大后更爱，他学过很多赞美西湖的词语和诗句。比如……一时间还真想不起来。无所谓了，对于一个将死之人，还需要费神修辞吗？只要不是恨、烦、怕诸如此类的负面情绪就好了，他可不打算做个愁死鬼。

据说是要下雨的，可是不见下。已经是下午两点，天气预报说下午两点和三点降雨概率为100%，百分百，你瞧瞧，世界上有绝对存在之物吗？生是绝对的吗？死是绝对的吗？许仙不知道，只有死人才知道。出门时，舅母追出来让他带伞，他拒绝了，带伞什么用？舅母说，毕竟现在是六月里啊。他就是不带，舅母那里能拗得过他，也知道他心情不好，可怜他一副死气洋魂的模样。算了，去吧去吧，去湖上散散心也好。早点回来，舅母说。但是舅母哪里知道他还回不回得来？

许仙坐在断桥上等下雨。现在的西湖他不喜欢，爱不起来。湖面上乌云密布，小风微波，皮笑肉不笑，做作，虚情假意。好像是你在跟所爱的人坦诚相见，她对你客客气气，处处迎合你，讨好你，心思却在别处，于是你发现你们之间的距离，越来越远，越来越远，那是最让人痛心的了。现在的乌云就让西湖显得心不在焉，许仙不想把自己交给这样的西湖。他见过晴天丽日的西湖，也见过暴风骤雨的西湖，那才是真实的西湖。而这样平庸的，该下不下的，似乎是百分百，然而实际上却百分之零的墙头雨，让一切变得不真实，无趣，恶心，投身于这样的西湖，是暴殄了杀机。

好，等着吧。许仙的计划是这样的——书包里有一只哑铃，重15公斤，背着书包带上哑铃，从断桥上跳进湖里，直接沉到湖底。在那儿，气泡带走他的呼吸，鱼虾解开他的灵魂，水草和他缠绵，肉体瓦解，骨头生长水苔……于是，他在西湖里西湖也在他里面了。他爱西湖，为什么爱呢？来找个修辞，为什么？但是……为什么呢？没什么，就是爱。

人应该死于自己所爱之物。屈原爱汨罗，王国维爱昆明湖，老舍爱太平湖，亚里士多德爱悬崖下的海，项羽爱宝剑，梵高爱剃刀更爱手枪，三岛由纪夫爱武士刀，莫泊桑爱裁纸刀，海明威爱镀银双管猎枪，三毛爱丝袜，川端康成爱煤气，希特勒爱氰化钾更爱瓦尔德手枪，克里奥佩特拉爱眼镜蛇，徐文长爱斧头、铁钉和锤子但更爱饥饿，茨威格和包法利夫人爱砒霜，海子和安娜爱铁轨，顾城爱斧头更爱新西兰岛上的杨树。

等吧，等雨，雨在跟他作对，风玩弄他的耐心，它们不来也不走。人们执着于所爱之物之人从来是迷。

柳树下的那对狗男女，终于停下来了。女人收拾裙底，完事儿了，她从男人的胯上爬下来。他们并排坐在长椅上，他们不抽烟，不聊天，像是再平常不过的游客。什么都没发生。他们起身往这边来，来到断桥上。他们在许仙的头顶上对话。真美，女人说。男人回答，再美也没有你美。这句回答硬邦邦地，像块石头扔进水里，标准答案。女人心满意足，笑了，你真好。

小弟弟，能帮我们照一张相片吗？女人拍拍许仙的肩膀。

可以，许仙接过手机，退后一些，用镜头对准他们。小弟弟，把后面的塔也照进去呀，女人说。

好，许仙举着手机。那个男人引起他的注意，他站在栏杆边跟手机里的他像是两个人。手机外，他直挺挺地站着，比划剪刀手，女人使劲笑，并且让男人也笑一笑，他好像笑了笑，女人让他挨近些，他像是动了动，完全是机械式的。这让许仙想到刚才他们在那边做爱，男人在长椅上几乎也是一动不动。而在手机里，他像是一位老朋友，多年不见，他跟许仙打手势，好像在说，帮帮我，帮帮我。但是再看看手机外，男人还是剪刀手的模样，无动于衷。许仙正在困惑时，男人在手机里开口说话了：我能理解你。

什么？你在说话？跟谁说话？理解什么？

跟你说话，我理解你想自杀。

你怎么知道的？

因为我也想死。

但是你们看起来很快活，刚才我看到你们做爱了。

那能说明什么？男人说，我和你一样想死，也和你一样，有些犹豫。男人继续说，我们是一类人，对爱过于敏感的人最终孤独，我们的世界有我们的维度，我们躲在自己的自言自语和镜子后边，我们相信自杀是人的原始本能，对死亡的随机性有充分期望，我们不像平常人那样害怕死亡，怀疑死亡，我们不愿意是行尸走肉。自杀这个词，比雷峰塔还重，但是对于相信自杀的人，它很轻，比蒲公英还轻，比灵魂还轻……你觉得她爱我吗？男人朝旁边的女人努努嘴。

看起来很爱。

其实一点都不爱，我也不爱她。

那你们为什么来游湖？

我也问自己啊，男人说。自杀就是重建。他回忆起两岁时候搭的积木，他试着用三角木也用半圆木当房顶，最终积木都要塌掉，无一例外，那是他最开心的时刻，彩色的坍塌。他常常在夜里醒来，看到房顶上闪烁两个黄金人字：自杀。夜晚空洞，被窝空洞，他领悟到自杀的本质意义，从原始到现代的仪式，导向坍塌和重建，不阻拦，不促使，坍塌和重建是一对兄弟，有时候是一对情人，爱就爱得要死，恨也恨得刻骨，许多年后，会有各种文字，以诗歌、小说、日记，以甲骨文、绳子和二进制记录这个过程……可是，我知道自杀是行动派的，是爱的终极行动，男人继续说，实际呢，自杀却往往是爬山爬到半山腰，过河过在水中央，我们喜欢等，喜欢计划，喜欢犹豫，从计划到行动有好几个宇宙的距离，聪明人轻视那段距离，不过无所谓，我们这类人早就不想当聪明人，我们甚至把后事计划好——血如何凝固，微生物如何分解尸体，肚皮如何鼓起来，亲人如何痛苦惋惜。一个成功自杀的人，值得羡慕，他得到终极的爱。

我可没犹豫，今天我一定要死，许仙说。

犹豫的人从来不说自己犹豫。

你想死那你为什么不死？

因为我犹豫啊，男人说。拍好了吗，女人在镜头外说，多拍几张呀。手机外，她换了好几个姿势，男人一动不动，始终把剪刀手端在胸口。许仙看看手机外，再看看手机里。他确信，只有在手机里，他才能跟那个男人建立起信任。男人说，真的，她不像看起来那样爱我。

你会游泳吗？许仙问。不会，男人回答。

好了。许仙把手机还给女人的时候，他有新的计划。

他并没有把手机递到女人的手上，而是越过了那双手，把手机丢进西湖里。女人尖叫着，推开许仙，探身出去像是要捞起手机，但是她哪里能够得着呢。日你妈臭逼，女人骂道，老子许多自拍在里头。而此时，男人收起剪刀手，脸上浮现真正的微笑。许仙和他心有灵犀。许仙抱起男人的腿，把他掀进西湖里。

女人说，你真好。当然，她在朝落进水里的男人说的，她以为男人去救她的手机去了。快把手机捞上来，你真好。

男人在水面挣扎一阵，然后沉下去。

女人开始喊救命。唱戏的人从亭子里跑过来准备救人。不必了，不必了，许仙对他们说。今天这雨是下不下来了。许仙离开了断桥，背着书包，哑铃在包里有 15 公斤。

地狱一季

　　七月末的一个晚上，死神来找我。对于他的光临，我只能说，好极了。

　　这个晚上跟整个夏天的晚上没什么不同，很热，家里空调坏了，电风扇也坏了，我只好去外面找凉快。刚出家门，正正在家门口，不知谁扔了一块西瓜皮在地上，谁扔的？我火大了，哪个不要脸的驴嘴巴吃西瓜不干净皮？哪个扔西瓜皮的塞一屁眼籽？哪个不要命的踩西瓜皮去吃阎王屁？我一边淌汗，一边痛骂，好像真的凉快了点。家家户户的大门纹丝不动，没人敢出来承认。我绕过西瓜皮，出门了。

　　我在外面散步散了很久，哪里都不凉快，哪里都没有风。风不知道在哪儿，天上黑漠漠的无可奈何，呆若木鸡的云，风在哪里？知了不知道，树枝不知道，垃圾桶不知道，腐烂馊味不知道，红绿灯不知道，拖拉机也不知道，白天的风得了白化病，晚上的风瞎了他的狗眼，左边没有，右边没有，顶上没有，脚下也没有。热乎乎的汗已经挟持了我，我吐出舌头，站在广场上。广场上还有许多跟我一样出来找凉快的人，他们家里的空调有没有坏我不知道，但是我知道他们一定跟我一样的愁眉苦脸，沦为大热天的奴隶。只有小孩子们才无知无畏，撒开脚丫子在大理石地面上跑着，不怕烫脚吗？他们根本不把流汗和烫脚放在眼里，凭这点，我得敬佩他们。因为反观我们，如果有镜子，我就能看清我们这些人的悲惨模样。我说悲惨，可一点也不夸张，不光是因为热出来的惨相，而是，无论在什么时候，就有什么时候的惨相。我了解自己的，也了解广场上跟我类似的人，我们在这个人世间已经活了许多年，三十几年的，四五十年，七八十年的，我们早知道自己喜欢什么、害怕什么、擅长什么、妒忌什么，夏天怕热，冬天怕冷，春天怕痒，秋天怕燥，要是有什么鬼啊神啊的，能给我们一丝暖气或冷气，我们就能吐出舌头摇着尾巴蹲在脚后跟上，尊他为主人，表示感恩。诺，这就是我们的惨相，也许你说，嘻，这算什么惨的。但是你不知道，在这层皮囊底下，哪晓得从什么时候起，我们已经不觉得有什么新鲜事了，不会相信什么了，怀疑也懒得怀疑了，忍耐是必修课，顺从是专业，恬不知耻就是我们的生产力，我们不会说什么硬邦邦的词语，因为我们牙口不好，我们不想走到太远的地方，因为我们的脚底板起了许多水泡。所以，当有好事来了，我会说，哦，好极了，坏事来了，就说，操他妈的。其实呢，我根本没那个能力去分辨什么是好事什么是坏事，只能就事论事，条件反射式地好极了或操他妈的。

散完步回家，那块西瓜皮还在家门口地上，我照例骂了一通，照例，没人承认。我绕过西瓜皮，开门进了家。

这块西瓜皮让我感到有事情要发生。好事还是坏事呢？我哪里知道。不过反正，不是好极了，就是操他妈的。我躺在地上，淌着汗，预感有事情要发生。那块西瓜皮真要命，谁啃的，啃也不啃干净，半拉拉，不红不白，跟人开了膛剖了肚一样。我觉得有个什么人，不是我自己，他在我这具身体里，围着餐巾，右手刀，左手叉，切一瓣心房，叉一叶肺片，品尝我的五脏六腑正在进行。这叫心血来潮，我知道了，应当有事要来。果然，几乎就在这个时候，这个缓慢的，腐烂了一半的晚上，来风了。当然，正如我一开头提示过的，这不是空穴来风，风从门缝里钻进来，那是死神带来的。

死神在敲我家门。谁？我先问了一声，希望是有人敲错门。说实在的，我不能确定是哪个犄角旮旯的感官预感到有事要发生，一旦事情真的来了，还是害得我浑身打颤。我可不喜欢不确定性，我可不喜欢有人在半夜敲我家门。谁呢？不会是那个乱丢西瓜皮的家伙，我没有小心翼翼敲门的邻居，也不会是我的女朋友，她已经失踪大半年了。可是明明白白的，有人在敲门，而我不知道是谁。我真想变成泥巴在地上一滩，可是我也知道，事情来了。好吧，不论好事坏事。无所屌谓的。去开门。

您好，您是卡夫卡先生吧？

是的。

您好，我是死神。这是我的证件。

好极了。

是死神。好极了，是个好消息。听到这个自我介绍，我心里头那些模棱的来潮安定下来，汗也收了不少，毕竟死神带了凉意，也带来风。只是，这个死神不太像死神。你是死神？镰刀风帽呢？哈哈，风从我身上滑翔而过，让我心情也愉悦起来。你是死神？是的，他说，我是死神。

是的，可不嘛，转念我意识到，死神也是公务员。这位死神符合我印象里标准公务员的形象。脸蛋是圆形的，不过嘴巴发尖，提着公文包，公文包的提手和包边油光光发黑，戴了眼镜，眼镜总打算从鼻子上塌下去，打了领带，格子大花纹更显身体的瘦削，头发中规中矩，已经掩饰不住头皮，他还笑呢，您好，您是……他格外客气，说话时也吐着舌头，笑得像是跟你认识很久，好像是你小学时候后桌的同学，太客气了，几乎是谄媚的，从他的尖嘴巴里，流出三尺长的客客气气。证件上的死神则严肃一些，更让人可信。姓名，阿努比斯，发证机关，阴间客服部，职务，死神，照片上压了钢印，照片上的确实是他，同一个人，至少那张尖嘴巴毫无疑问，头发茂盛了许多，抿着嘴巴看不见舌头。我倒是更喜欢照片上的这位，虽然冷漠，但保持了合理的距离。而眼前这位呢，谄笑着，伸出他的死神手，等着我去握。我会握吗？我不打算跟他握手，不是出于害怕其中的交易意味，而是，我不想跟一个客客气气的死神握手。想都别想。

　　死神的光临，确实让这个晚上平静了，凉快了。风不停从他那边吹过来，贯穿我家堂前。好事，好极了，我要死了，就是今晚，我豁然开朗，领悟到今晚为什么这么热，为什么空调风扇会坏掉，为什么哪里都没有风，为什么家门口有一块西瓜皮，我明白了心血来潮的终极原因——这个棉花糖一样的七月夜晚，死神来接我了。还有什么可留恋的？我环顾四周，没有。此时我才发现，我早在等着这个晚上，早早的，我已经察觉到身体里的腐烂臭味，思想在脑壳里变质发霉，真菌爬满了整条的神经网络，我知道这一天很快就会到来，但不知道是今晚。可以说我并没有思想准备，但是此刻，毫无准备的必要，我可以立即上路，没有什么留恋的，没有谁需要跟他道一声再见的，银行账号、邮箱、日记和手稿，还有这栋房子，不需要留给什么人，它们可以跟我一起灰飞烟灭。好极了，这是好事。

然后死神摆出一副公事公办的样子，声称半夜来访是要商讨"某些事宜"。他的用词小心谨慎，比房檐上的蚂蚱还要小心，好像要照顾我临死前的伤心，但是，我可不吃他那一套。那么，进来吧，我说。

要喝水吗？我问。我见死神老是吐舌头舔嘴唇，以为他口渴了。谢谢，不必了，死神站起来颇有礼貌。

真不喝？

不喝，谢谢。

咖啡？

不喝，谢谢。

我能喝吗？

哦……您别误会，请随意。

你好像比我还紧张？

哦，当然，当然，我很紧张，我紧张了吗？

你干死神多少年头了？

很多年头了，很多年头了。

多少年头？

也……数不清楚，从小就开始干了，从小就干了。

那你紧张什么？

我没有紧张，没有紧张啊。

死神不喝咖啡，那么我喝。我去给自己倒了杯咖啡，我知道有很多种平息紧张情绪的小诀窍，死神应该也不傻，我不知道他紧张什么。不过我宁愿等着，至少现在非常凉快，我像是站在天井中央，天堂的光披洒下来，阴阳界风撩动我的肩膀，我可以向前一步，也可以后退一步，一边是苦海无涯，一边是海阔天空。我品着咖啡，等着死神开始他的"某些事宜"。但是他光坐在沙发沿上，掰弄手指，舌头一会儿吐出来一会儿缩进去，目光下沉并且不断下沉。这哪里是来夺魄勾魂的呢？要说他是挨审的犯人更像，你问一句，他答一句，你问两句，他答两句，你问什么，他都丢一个否定词给你，你不问了，他就在那里无辜冒汗。把命运交给这样的死神，也算得上是人生一大憾事。

那么，我今晚就要死了？我问。死神已经来了大半小时，我看出来了，如果我不主动，他可以一直坐到天亮。

不不不，别误会，死神站起来解释。在阴间，他说，我们不用"死"这个字眼，我们用"离世"。

瞧，跟死神谈论死亡是很恰当的，毕竟这是他的专业。他继续说，几百年前，那时候阴间也习惯用"死"来向离世者宣贯政策，但是人们对这个字太害怕了，总是有抵触心理，让死神的工作很难开展，并且离世者带有负面情绪来到阴间以后，对整个生态环境造成污染，所以，大概是从中世纪以后，上级部门想到新的客服话术，把"死"统统替换成"离世"。这是一个非常有效的词，他说，这意味着，离世者离开当下的世界，也就意味着来到一个美妙的新世界。

那么，今晚我要离世了？我问。

不不不，别误会，死神继续解释。您的离世期在两个月后，在九月份。这次来是另有事务。

还有两个月？操他妈的。世界上最令人失望的事情不就是这样吗？你已经期待好久了，已经跃跃欲试了，临门一脚却被告知，再等等。有多少春游、运动会、约会在等等之后给消磨了，正够丧气的，人没到死期就见到死神，甚至给你配备了两个月的煎熬，更是晦气的。刚刚，我感觉自己跨在阴阳两界上，正享受凉风习习，现在却突然被一拳揍回到酷暑人间。你是在玩我吗？我可以让他滚蛋。死神从公文包里抽出一份文件，解释说按照标准程序，在正式接引离世之前需要签约。

签约。操他妈的。

那是一份合同，大大的标题：《阴间道德条款》。死神让我仔细阅读，我可不想读，我让他读给我听。《条款》有三页纸，他扶好眼镜，端正领带，大声宣读起来——

第一总则，一，在本条款中，"您"指离世者（这里也就是您卡夫卡先生），"我们"，"本司"均指阴间道德管理司；二，本条款所称离世者限定为合法离世者，不包括有意识使自己离世，以及任何有意识在他人帮助下促使自己离世的情况（也就是自杀，卡夫卡先生）；三，本条款自签订日起生效。第二，离世者权益，自本条款生效至离世者投生的期间，我们将保障您的如下权益：一，存在权，我们将赋予您具体的形体意识，降低虚无鬼魂感；二，社交权，我们将构建健康的离世者社区，保证离世者在其中感到幸福而不孤独；三，再教育权，我们将提供丰富的教育资源，并根据您的性格特征安排课程和导师，保障您的博学多知；四，劳动权……五，交配权……九，投生权……第三，离世者道德义务，规定您必须履行的道德条款，任何道德义务均建立在不触犯群体利益的基础上，如离世者违反下列条款，本司有权终止合同，或做出相应投生惩罚。一，必须居住在规定的区域内不得无理由进入其他离世群体区域；二，在其他离世者向您问好时不得面无表情；三，必须完成上级安排的各项工作并不得有任何抵触情绪；四，必须……不得……五，必须……不得……六，必须……不得……三十，必须……不得……四十九，必须……不得……

死神翻过一页，又翻过一页，他舔着指头，专业术语从他的尖嘴巴里前仆后继，粉红地散着馊气，必须、不得、必须、不得，那是两片剪刀片子，咔嚓咔嚓地剪断我的判断力。他在说什么？条款？天老爷。我知道我讨厌什么，其中一个就是条款，不只是讨厌，简直就是怕，怕极了。我怕去银行怕去医院，怕面试怕打卡，怕歌剧院怕在雅间吃饭……我不知道啊，我原以为的死是另一种样子，是自由自在的，作为一个死人，一个鬼魂，可以不受形体的约束，当我想高兴时我高兴，想悲伤时悲伤，想慢慢散步就不需要快跑，想一个人游荡就不用理睬任何其他鬼魂，不需要穿衣服，没有食欲也没有性欲，当然，也可以有，但是我完全可以用自给自足的方式满足，而不需要依赖其他鬼魂，作为鬼魂，我根本不担心未来，也不在乎过去，不操心性能力的有无，无所谓皱纹和牙齿掉光，时间对鬼魂是无能为力的，每个鬼魂是独立的，没有父母，没有兄弟姐妹，他们在阴间只是另一个对你毫无期望的鬼魂，死亡，阴间，我以为是自由自在的所在，但是这份条款里所列举的，简直比人间更惨烈，还能让人对死有任何期待吗？两个月时间，也许我该……

不对，我说，不对，这不是阴间，我不想死了，停。我让他别念了。

六十四，死神继续念，必须保持微笑……

叫你别念了。

并且不得有门牙缺损。

你他妈的。

啊，还有一点点了。

你认为我会签这什么鸡巴条款？

您为什么不签，全都是为您考虑的。

你看我像一根傻鸡巴吗？

您，您，怎么……

滚吧，你，滚吧，您。

您……我说错什么了吗？卡夫卡先生，我没说您是傻鸡巴啊。

……

我说错什么了？卡夫卡先生？您是觉得条款太啰嗦了？条款就是这样规定的，越细致就越能保障您的权益，所有离世者都签了，您为什么不签呢？就算有些离世者一开始不签，到了阴间，还是要签，因为不签，就会变成孤魂野鬼，在阴间居无定所，没有伴侣，没有希望，只有永恒的孤独和悔恨。

有孤魂野鬼？我问。

有……没有……没有，所有的孤魂野鬼终究都是要签的。

到底有没有呢？

理论上没有。

真的？

真没有，我们有……"暂不签约用户"，但是他们迟早要签的，否则……

好极了，我不签。

如果您不签约，两个月后，您无法享受接引服务。

好极了，也就是说两个月后你不来了。

如果您签约我就来。

好极了，我不签。

《阴间道德条款》在死神的手里瑟瑟发抖，他呆住了，没招了，舌头也不吐了，尖嘴巴噘在一起，冥思苦想，好像在他的培训手册里寻找新的应对措施。我理解他的失望，但对不起啊，我不能把自己卖给这样的死神，这样的阴间。他怪可怜的，而我还有两个月时间，也怪可怜的。

今晚我不会死，两个月时间，夜晚在继续，风也继续，时间滴滴答前进，至少我对死亡有了确定性认知。

死神把合同收进公文包里。好吧，他说，看起来他像是放弃了，又像是下定了决心，恢复了斗志。他从包里掏出一个iPad，他说就算不签《道德条款》，总归可以为离世做一些其他准备的。所谓准备，是指身份采集和调查问卷。当然，这点我可以配合。他点开一个APP，先给我照了照片录了指纹，估算了心脏重量，然后在资料栏里填好姓名、性别、年龄等信息。

接着是调查问卷，他问我答。第一组单选题，他念道，第一题，请问离世者，您对阴间的认知用下列哪个词语形容最贴切？A: 极乐世界，B: 天堂，C: 地狱，D: 彼岸。C，我选C，他帮我点了C。第二题，请问离世者，您在世上有以下哪种未完成心愿？A: 事业，B: 家庭，C. 爱情，D: 以上都有。

只有四个选项？是的，四个，死神说。

我摇摇头，不对，这四个根本不足以涵盖所有可能，比如我有一本小说没看完，还有一堆小说没有结尾，那算什么？死神说可以选择 A 事业，我可不认为那是事业，他认为事业是最接近的，不，完全不同。我不想回答了，问题在于他们的问卷狗屁不通。死神坚持帮我选 A，既然如此，我让他帮我回答剩余的问题，但这行不通，因为阴间有数据分析部门，会对问卷进行交叉检验、信度分析，而且还会融合离世者的个人档案和行为历史，做大数据分析，最终训练出一种造福人类的人生模型……

人生模型？慢着，凭什么用我的档案？我同意了吗？

您……您为什么总是这么固执呢？总是跟其他离世者不一样呢？死神说，这个模型是非常高尚的，可以帮助离世者在阴间就为投生做好准备，让他们在下一轮回里积极向上，发挥自己最大的人生价值。

对不起，我还是不想回答问卷，并且拒绝让他们使用我的档案。当然，按照死神说的，我根本没法拒绝他们使用我的档案，因为当我离世后，我的档案已经不属于我。好吧，也许他是对的，那时我不是我，但现在我还是我，我拒绝回答问卷。

卡夫卡先生，您这个人真怪，您为什么总是拒绝我呢？您讨厌我？

我不是讨厌你，我是不喜欢你们的模型。

您应该喜欢的，这是造福人类的模型啊。

如果你们哪天搞个不死模型，我就问答问卷。

您……您真会开玩笑，要是有不死模型，我们阴间就不存在了，我也失业了。

那不是好极了。

您别开玩笑了，帮我个忙吧。

这个忙我帮不了。

求求您了。

对不住，兄弟。

您都叫我兄弟了，等您到了阴间我也会帮您的。

孤魂野鬼还需要帮忙？

我可以先帮您申请额外的权利。

比如？

比如，更大的空间使用权或者是配偶选择权。

哦，真有意思。

我已经……死神摘掉眼镜，他明白我是绝对不会帮他完成问卷的了，我抱着胳膊，他发觉到我从他哀求里获得的快感。他擦着眼镜，眼睛使劲眨着，后来竟抽抽搭搭哭了起来，怪可怜的。

他这一天过很悲惨，离七月结束没几天了，他的业绩遥遥无期。这一天，他没有成功签约一份，问卷调查也只采集到三份，这个月的签约成功率是完成不了了，问卷完成率也很危险，完了。他从西服兜里掏出一叠皱碎了的火车票、出租车发票，今天他很倒霉，发票掉进水池里，湿了，碎了，报销也是个大麻烦，回去以后，他还要熬夜加班准备明天的工作计划，要把问卷录入系统，还有月度总结的 ppt……KPI 完成不了，今年的绩效算是没指望了，领导会把他安排到顶里头的角落里，那里阴暗酸涩，长满了蒿草，蚂蚁喜欢在那里搬弄是非，他的同事们从此会嫌弃他，他们会给他打上一个标签：KPI 落后分子，他们吃饭不会跟他一块，他会成为午餐的佐料，谈论角落里他这个失败死神，他们品尝着甜丝丝的优越感，而他的老婆也会瞧不起他，不给他洗内衣和袜子，不给他做早点，拒绝跟他做爱，他的女儿也瞧不起他，会叫他老东西，会把鄙视挂在鼻子尖上，会在他准备拉她手的时候故意打喷嚏，会在她的日记里删掉所有爸爸或父亲这类词，而他的丈母娘，会更加瞧不起他的，会在过年的时候装病只是不愿意接待他，会把她家里的电视频道全部调成戏曲频道（那是他最不想看的节目），会毫不吝啬地把所有赞美词给他的岳父，一个成功典范，从而制造出巨大对比落差，而他的小舅子，他曾经非常想当死神，曾经多么崇拜他的姐夫，但是今年过年，他一定也瞧不起他的姐夫了，以前他唱：我不要去投生做人，我要做个死神，今年他会这么唱：我不要做死神，因为我天真，我的肚子里装满天分，宁愿单身，宁愿游魂，宁愿孤独长恨，我不要做个东成西就南辕北辙的死神……这样的歌词太让人伤感了，比起同事、老婆、女儿、丈母娘的瞧不起更伤死神的心，让他一千倍地看清自己的失败，那时，在团圆饭的餐桌上，他唯一能怀念的就是岳父，但是他已经去投生了。如果他，死神，也能投生，他会选择投生，如果他能死，他也想去死。但是他是死神，只能继续做个死神。业绩好了，就是好死神，业绩不好，就是孬死神，只能这么下去。

您不了解死神这个职业的艰辛啊，死神说。他几乎跪在我面前，鼻涕和眼泪滴在我的地板上，我开始同情他，但是我又能说什么？我不是死神，我不知道死神的艰辛，我做了一辈子人，也算知道人的艰辛，在两个月后，我将成为孤魂野鬼，孤魂野鬼的艰辛我也不知道，不过，多少还是有些期待的。

算了，死神爬起来，结束了他的哭诉，抹干了眼泪。麻烦您给我做个满意度评级好不好？

可以。

麻烦您给个五星。

嗯？本来，我是准备给五星的，谁见过这么伤感的死神呢。但是他竟然提出了要求，我只能给他四星。

作者简介

　　Q，刘庆，安徽南陵人，生于1977，曾事数据分析业十数年，而立之年后弃数写作。